AF543248

क्रम

हिन्द पॉकेट बुक्स

डॉक्टर की बीमारी

तथा अन्य नाटक

थियेटरों के साथ-साथ स्कूल-कॉलेजों में भी नाटकों का मंचन होता आया है। आधुनिक काल में बाल प्रतिभाएँ अभिनय की ओर कुछ अधिक ही आकर्षित हो रही हैं, इसी को ध्यान में रखते हुए इस पुस्तक में बाल नाटकों को संकलित किया गया है।

कमलेश्वर बीसवीं शती के सबसे सशक्त लेखकों में से एक समझे जाते हैं। ये बाल नाटक उन्हीं महान कमलेश्वर की कलम से लिखे गए हैं। यह पुस्तक खासतौर से बच्चों और किशोरों के लिए तैयार की गई है, ताकि इसे पढ़कर उन्हें महान एवं आदर्श व्यक्तित्व बनने और देश व धर्म के लिए कुछ कर गुजरने की प्रेरणा मिल सके। आकर्षक चित्रों से सजी बच्चों की इस किताब के अंत में एक प्रश्नोत्तरी भी दी गई है। इसे हल कीजिए और अपनी परीक्षा आप स्वयं लीजिए।

सुरुचिपूर्ण एवं प्रेरणादायक सचित्र बाल नाटक

डॉक्टर की बीमारी

तथा अन्य नाटक

कमलेश्वर

हिन्द पॉकेट बुक्स
पेंगुइन रैंडम हाउस इम्प्रिंट

हिन्द पॉकेट बुक्स

यूएसए | कनाडा | यूके | आयरलैंड | ऑस्ट्रेलिया | सिंगापुर
न्यू ज़ीलैंड | भारत | दक्षिण अफ्रीका | चीन

हिन्द पॉकेट बुक्स, पेंगुइन रैंडम हाउस ग्रुप ऑफ़ कम्पनीज़ का हिस्सा है,
जिसका पता global.penguinrandomhouse.com पर मिलेगा

पेंगुइन रैंडम हाउस इंडिया प्रा. लि.,
चौथी मंजिल, कैपिटल टावर -1, एम जी रोड,
गुड़गांव-122002, हरियाणा, भारत

पेंगुइन
रैंडम हाउस
इंडिया

प्रथम संस्करण हिन्द पॉकेट बुक्स द्वारा 2014 में प्रकाशित
यह संस्करण हिन्द पॉकेट बुक्स में पेंगुइन रैंडम हाउस द्वारा 2023 में प्रकाशित

कॉपीराइट © गायत्री कमलेश्वर, 2014

सर्वाधिकार सुरक्षित

10 9 8 7 6 5 4 3 2

इस पुस्तक में व्यक्त विचार लेखक के अपने हैं, जिनका यथासंभव तथ्यात्मक
सत्यापन किया गया है, और इस संबंध में प्रकाशक एवं सहयोगी
प्रकाशक किसी भी रूप में उत्तरदायी नहीं हैं।

ISBN 9789353491604

मुद्रकः रेप्रो इंडिया लिमिटेड

यह पुस्तक इस शर्त पर विक्रय की जा रही है कि प्रकाशक की लिखित पूर्वानुमति के
बिना इसका व्यावसायिक अथवा अन्य किसी भी रूप में उपयोग नहीं किया
जा सकता । इसे पुनः प्रकाशित कर विक्रय या किराए पर नहीं दिया जा
सकता तथा जिल्दबंद अथवा किसी भी अन्य रूप में पाठकों के
मध्य इसका परिचालन नहीं किया जा सकता । ये सभी शर्तें
पुस्तक के ख़रीददार पर भी लागू होंगी । इस संदर्भ में
सभी प्रकाशनाधिकार सुरक्षित हैं ।

www.penguin.co.in

MIX
Paper from
responsible sources
FSC® C047271
FSC www.fsc.org

This is a legitimate digitally printed version of the book and therefore might not
have certain extra finishing on the cover.

डॉक्टर की बीमारी

[एक डॉक्टर की दुकान जिस पर बड़ा-सा साइनबोर्ड लगा है, अंग्रेज़ी दवाखाना, डॉ. सी. एम. दिवाकर, एम. बी. बी. एस., एम. एस., लेट हाउस सर्जन शांताकुलम अस्पताल, एक्स सुपरिन्टेण्डेण्ट ऑफ हेल्थ। नेत्र विशेषज्ञ, बच्चों की बीमारियों के खास डॉक्टर। मिलने का समय चौबीस घण्टे।]

कंपाउण्डर : **(डॉक्टर से जो कुर्सी पर बैठा हुआ जमुहाइयाँ ले रहा है)** आपसे कितनी बार कहा है डॉक्टर साहब, लेकिन आपकी समझ में ही नहीं आता।

डॉक्टर : क्या समझूँ, खाक!

कंपाउण्डर : कम-से-कम इस कुर्सी पर बैठकर जमुहाइयाँ मत लिया कीजिए।

डॉक्टर : तो क्या करूँ?

कंपाउण्डर : कुछ किताबें ही देखते रहा कीजिए। इससे रास्ता चलते लोगों पर रोब पड़ता है।

डॉक्टर : **(उदास स्वर में)** तुम भी कंपाउण्डर साहब कमाल हो! दिन भर अकेला बैठा-बैठा मक्खियाँ मारता रहता हूँ...

कंपाउण्डर : मक्खियाँ मारें तब भी कुछ ठीक है! आपसे तो मक्खियाँ भी नहीं मारी जातीं। इस तरह कैसे चलेगा...महीना खत्म

होने को आ रहा है, मुझे तो अपनी तनख्वाह का भी आसरा नहीं दिखाई पड़ता।

डॉक्टर : घबराइए नहीं, कंपाउण्डर साहब। एक दिन एक बेवकूफ फँस गया तो पौ बारह समझिए...

कंपाउण्डर : पौ बारह क्या खाक होगी। एक दिन लेकर दूसरे दिन से मरीज़ किसी और डॉक्टर की दुकान देखेगा। मैं आपके दोस्त के कहने से चला आया। ऐसी हालत समझता तो कभी न आता यहाँ।

डॉक्टर : सब्र से काम लीजिए, कंपाउण्डर साहब। एक दिन दुनिया में हर तरफ़ बीमारी-ही-बीमारी फैल जाएगी। बस उसी दिन का इंतजार है मुझे...

कंपाउण्डर : तो उस दिन क्या होगा?

डॉक्टर : उस दिन झक मारकर मरीज़ हमारे पास आएँगे...

कंपाउण्डर : ऐसा दिन कभी नहीं आएगा।

डॉक्टर : आएगा! मैं कहता हूँ ज़रूर आएगा। बस, उस दिन का इंतजार कीजिए। आखिर भगवान सबकी सुनता है। मेरी भी सुनेगा।

कंपाउण्डर : तो आप भगवान के सुनने का इंतजार कीजिए। मुझे छुट्टी दीजिए साहब! मैं कहीं और नौकरी देखूँ।

डॉक्टर : इस मुसीबत में जबकि मरीज़ मेरा साथ छोड़कर चले गए हैं, तुम भी चले जाओगे!

कंपाउण्डर : तो और बताइए क्या करूँ? आप बैठे-बैठे जमुहाइयाँ लेते हैं, तो मेरा मन ऊबता है! यहाँ क्या काम करूँ?

डॉक्टर : **(टेलीफ़ोन उठाकर)** यह भी ससुरा खराब पड़ा है, नहीं तो इसे ही खटखटाता...एकाध दोस्तों से गप्प ही लड़ाता। कुछ सुस्ती दूर होती। **(टेलीफ़ोन रख देता है)**

कंपाउण्डर : टेलीफ़ोन खराब है, यह ग़नीमत है। नहीं तो फोकट में चार-छह लोग टेलीफ़ोन करने के लिए आते रहते।

डॉक्टर : **(कुछ सोचकर जैसे कोई बात सूझी हो)** अच्छा देखिए, आपको एक काम बताऊँ...

कंपाउण्डर : हाँ, हाँ, बताइए।

डॉक्टर : आप टेलीफ़ोन दफ्तर चले जाइए। इसकी मरम्मत के लिए किसी को पकड़ लाइए। दो दिन से लगातार खबर भेज रहा हूँ, कोई आता ही नहीं।

कंपाउण्डर : अरे इसे खराब ही पड़ा रहने दीजिए! आप तो कुछ समझते ही नहीं।

डॉक्टर : तो फिर उसे हटवाएँ। बेकार पैसे पड़ते हैं।

कंपाउण्डर : इससे मरीज़ पर रोब पड़ता है, लगा रहने दीजिए। और आप बेकार वक्त में भीतर बैठा कीजिए।

डॉक्टर : आप बेकार की बात करते हैं। अच्छा एक मरीज़ परसों आया था, याद है आपको, वह फिर दवा लेने नहीं आया। उसका नाम शायद रामदास था। याद है आपको।

कंपाउण्डर : वो अब क्या आएगा...

[*तभी विंग के पास से मरीज़ रामदास झाँकता है।*]

कंपाउण्डर : **(डॉक्टर से)** भीतर जाइए कोई मरीज़ आ रहा है।

[*डॉक्टर उठकर भीतर चला जाता है, मरीज़ रामदास मंच पर आता है।*

उसी के पीछे-पीछे एक आदमी और आता है। रामदास आगे है, वह आदमी पीछे है। कंपाउण्डर व्यस्त भाव से काम में लग जाता है।]

रामदास : **(ऊँची आवाज़ में पूछता है)** डॉक्टर साहब हैं?

कंपाउण्डर : शोर क्यों मचा रहा है? डॉक्टर साहब भीतर ऑपरेशन कर रहे हैं...

[रामदास एक कुर्सी पर बैठ जाता है। वह आदमी भी चुपचाप बैठ जाता है। तभी डॉक्टर साहब व्यस्त भाव से भीतर से निकलते हैं।]

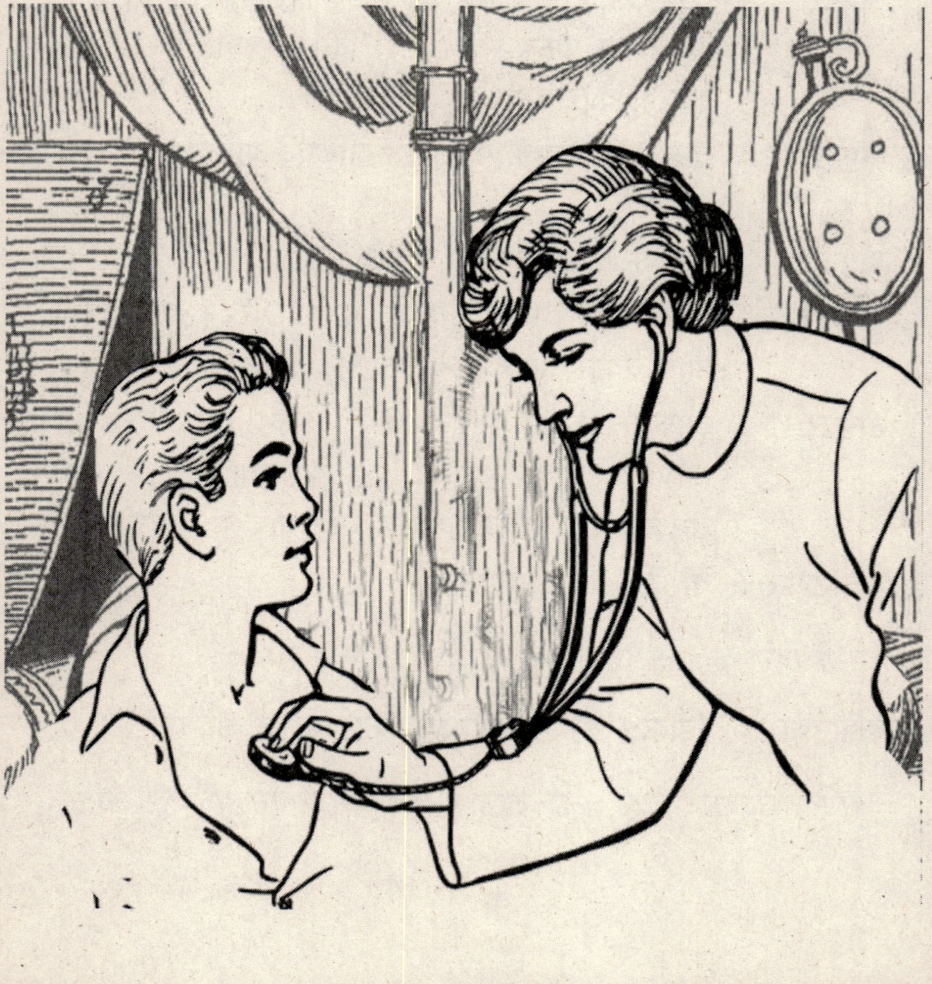

डॉक्टर : **(बहुत फुर्ती से)** हाँ, कहिए। मेरे पास टाइम कम है। **(कुर्सी पर बैठ जाते हैं)** जल्दी बताइए।

रामदास : डॉक्टर साहब, हम परसों दवा ले गए थे।

डॉक्टर : परसों। अब मुझे क्या याद रहता है कि तुम काहे की दवा ले गए थे। सैकड़ों मरीज़ आते-जाते हैं। क्या बीमारी है तुम्हें...जल्दी करो।

रामदास : साब, चोट आय गई थी। भीतर-भीतर दरद करत है।

डॉक्टर : कहाँ चोट लगी थी।

रामदास : जी, कचहरी के पास।

कंपाउण्डर : अरे, किस जगह चोट लगी थी?

रामदास : बताया तो कंपोडर साब, कचहरी के पास।

डॉक्टर : ओ हो, वक्त ख़राब करने पर तुले हो तुम तो। आँख फूटी थी कि बाँह टूटी थी...

रामदास : आँख आपके सामने हैं। **(आँख मटका देता है)** बाँहें दोनों ठीक हैं...**(बाँहें पसार देता है)**

कंपाउण्डर : बदन में किस जगह चोट लगी थी।

[*तब डॉक्टर खराब पड़े टेलीफ़ोन को उठाकर नम्बर मिलाकर अपने आप रोब जमाने के लिए बात करते हैं।*]

डॉक्टर : हलो...हलो। जज साहब के यहाँ से बोल रहे हैं।...जी...मैं डॉक्टर दिवाकर बोल रहा हूँ। थोड़ी देर के लिए माफ़ी चाहता हूँ...जी...एक ऑपरेशन कर रहा था...जी...यही मुश्किल है...आप चिंता मत कीजिए...बहुत ठीक...कार मत भेजिए...मैं अपनी कार से चला आऊँगा। मैं आते

ही सब ठीक कर दूँगा। घबराइए मत **(फ़ोन रखकर कंपाउण्डर से)** जज साहब बहुत जल्दी मचा रहे हैं। हालत ख़राब है। शहर के सब डॉक्टर जवाब दे चुके हैं।

कंपाउण्डर : तो आप जल्दी जाइए।

डॉक्टर : अरे पहले इन दोनों को निबटा लूँ...**(रामदास से)** हाँ जी, कहाँ दर्द हो रहा है।

रामदास : जी कमर में। भीतर दरद है, बुखार भी था। परसों आपने दो रोज की दवा दी थी।

डॉक्टर : बुखार अब कैसा है?

रामदास : बुखार तो टूट गया साहब, लेकिन कमर...

कंपाउण्डर : **(बात काटकर)** कमर भी जल्दी ही टूट जाएगी, फिकर न करो...बस एक खुराक और...

रामदास : **(सहम कर देखते हुए)** कमर टूट जाएगी।

डॉक्टर : ओ हो, बेकार बात मत करो...आगे बताओ। **(व्यस्त भाव से डायरी और घड़ी देखकर)** ओ हो...चार बजे वकील साहब को भी देखना था। भूल ही गया। **(फिर टेलीफ़ोन मिलाकर ख़ामख्वाह बात करते हैं)** हलो...हलो मैं आ रहा हूँ।...जी...उधर से तीन चार मरीज़ों को देखता हुआ आऊँगा...जल्दी करूँ! बड़ी मुश्किल है...फुर्सत तो मिलती नहीं। जी...दिनभर के बाद अभी उठने जा रहा था कि दो मरीज़ और आ गए...जी...हूँ...इन्हें देखकर बस आता हूँ...जी अब बताइए कैसे आऊँ...ठीक है...ठीक है। **(टेलीफ़ोन रख देते हैं)** हाँ, भाई, बताओ...

रामदास : आपकी दवा ने फ़ायदा नहीं किया।

कंपाउण्डर : एक खुराक में फ़ायदा होना चाहिए था।

डॉक्टर : कितनी खुराकें दी थीं कल?

रामदास : चार।

डॉक्टर : चार खुराकें पीने के बाद भी फ़ायदा नहीं हुआ। **(कुछ सोचकर)** कुछ गड़बड़ी ज़रूर की है तुमने।...हूँ...दवा हिलाकर पी थी?

रामदास : **(एकदम भोलेपन से)** सो तो भूल गया साहब!

कंपाउण्डर : तब दवा क्या खाक फ़ायदा करेगी! दवा का हिलाना ज़रूरी होता है।

रामदास : यह गलती हो गई साहब। अभी ठीक हो जाएगी...**(कुर्सी से उठकर खूब ज़ोर-ज़ोर से कूदने लगता है।)**

[*तीनों जन घबराकर उठ खड़े होते हैं।*]

डॉक्टर : **(उसे कूदता देखकर)** यह क्या कर रहे हो? क्या कर रहे हो?

कंपाउण्डर : **(रामदास को पकड़ते हुए)** पागल हो गया है क्या?

रामदास : **(भोलेपन से)** दवा तो सब पेट में है साहब। अब हिल गई होगी।

डॉक्टर : अजीब आदमी है तू। और दवा ले जाओ, अब शीशी हिलाकर पीना। **(पर्चा लिखकर कंपाउण्डर को देता है)** इसके लिए दवा बना दो...**(रामदास से)** और देखो, तुम्हें परहेज बहुत करना पड़ेगा।

[*कंपाउण्डर भीतर चला जाता है।*]

रामदास : बताएँ साहब। सब परहेज करेंगे।

डॉक्टर : अपनी कमर का बहुत ख़याल रखना। कमर पर ज़ोर नहीं पड़ना चाहिए। समझे!

रामदास : जी।

डॉक्टर : कमर के बल लेटना भी मत। न चित न पट।

रामदास : तो सोऊँगा कैसे?

डॉक्टर : मुर्गे की तरह।

रामदास : लेकिन डॉक्टर साब...

डॉक्टर : **(फिर फ़ोन उठाकर)** हलो...हलो...रायसाहब के यहाँ से बोल रहे हैं!...जी...जी...डॉक्टर दिवाकर...देखिए मेरे पास वक्त बिल्कुल नहीं है। आप दूसरे डॉक्टर को दिखा लें...नहीं चौगुनी फ़ीस की बात नहीं है. ..पैसे पर नहीं मरता मैं...वक्त नहीं है मेरे पास। ...जी...हूँ...माफ़ कीजिए...क्या करूँ आप ही बताइए। अभी दस जगह जाना है...जी...हाँ...फिर कभी मैं देख लूँगा। **(टेलीफ़ोन रख देता है)**

[*कंपाउण्डर एक शीशी में दवा बनाकर लाता है और रामदास को देता है*]।

रामदास : कित्ता दाम हुआ?

कंपाउण्डर : तीन रुपये...

रामदास : दो खुराक दवा का दाम तीन रुपया। काहे को गला टीप रहे हैं कम्पोडर साब। इत्ता हम नहीं दे सकते। यह रखी है आपकी दवा। **(शीशी रखकर उठकर चलने को होता है)** पानी भर देते हैं।

डॉक्टर : **(मरीज़ हाथ से निकलते देखकर)** अरे ग़रीब आदमी है कंपाउण्डर साहब। दो रुपये ही ले लीजिए।

रामदास : **(रुककर)** बारह आने देंगे साब। रोज-रोज जेब कतरत है। कहो तो बारह आने सीधे हाथ से धरके सीसी उठा लें।

कंपाउण्डर : **(खीजकर)** अच्छा-अच्छा, बारह आने ही निकालो।

रामदास : **(बारह आने देकर शीशी उठाता है)** यह भी ज़्यादा है साब।

[*कंपाउण्डर पैसे जेब में डाल लेता है। डॉक्टर उसकी इस हरकत पर आँखें तरेरता है।*]

डॉक्टर : **(फ़ोन उठाकर)** हलो...हाँ..., भाई कार भेजो। कब से रुका हूँ...बहुत जल्दी। **(फ़ोन रखकर सामने बैठे आदमी से)** हाँ साहब, आप बताइए। क्या मर्ज है आपको।

आदमी : मैं मरीज़ नहीं हूँ। आपने खबर भेजी थी कि आपका फ़ोन ख़राब है, वह ठीक करने आया था। खामख्वाह आपने परेशान किया। फ़ोन तो काम कर रहा है आपका।

डॉक्टर : **(सकपकाकर)** तो आप फ़ोन ठीक करने आए थे! फ़ोन तो ठीक है...थोड़ा खराब है...

[*कंपाउण्डर चुप रहने का इशारा करता है।*]

आदमी : **(एक फ़ार्म निकालकर)** तो इस पर दस्तखत कर दीजिए कि फ़ोन ठीक है। और हमारा आने-जाने का किराया बारह आने दिलवा दीजिए।

डॉक्टर : किराया देना पड़ेगा?

आदमी : जी हाँ, यह तो कायदा है।

डॉक्टर : **(एकदम उदास होकर)** कंपाउण्डर साहब, वह बारह आने इन्हें दे दीजिए।

[*कंपाउण्डर मुँह बिगाड़ते हुए बारह आने निकाल कर दे देता है। वह आदमी पैसे लेकर चला जाता है।*]

डॉक्टर : **(कंपाउण्डर से)** अब क्या होगा?

कंपाउण्डर : **(आसमान की ओर हाथ उठाकर)** दया कर भगवान!... **(हाथ पसारे रहता है)**

डॉक्टर : चिंता मत करो कंपाउण्डर साहब...एक दिन दुनिया में बीमारी फैलेगी। सब बीमार पड़ेंगे...तब मरीज़ आएँगे... उस दिन का इंतजार करो...भगवान से प्रार्थना करो...(खुद कंपाउण्डर की तरह हाथ फैलाता है) हे भगवान!

(पर्दा गिरता है)

समुद्र का पानी

[एक किसान के घर का आभास। जब पर्दा उठता है तो जीतू अपना माथा पकड़े बैठा हुआ है। वह बहुत ग़रीब है। उसके घर की हालत भी बहुत बुरी है और वह फटे-फटाये कपड़े पहने बैठा है। कभी-कभी वह ऊपर हाथ उठाकर ईश्वर से प्रार्थना करता है, फिर मन मारकर बैठ जाता है। इतने में ही उसका बड़ा भाई हरखू वहाँ से गुजरता है। हरखू बहुत अमीर और सुखी है। उसका पहनावा भी अच्छा और साफ़-सुथरा है और वह जीतू की तरफ़ बड़ी घृणा भरी नज़र से देखता है।]

जीतू : दादा, तुम यहाँ कैसे?

हरखू : घर की तरफ़ जा रहा था...

जीतू : आओ, थोड़ी देर हमारे पास भी बैठ लो...

हरखू : **(घृणा से)** तुम्हारे पास बैठकर क्या करूँ?

जीतू : आखिर हम सगे भाई हैं! एक माँ के पेट की सन्तानें हैं।

हरखू : इससे क्या हुआ? हमारी किस्मत तो अलग-अलग है!

जीतू : दादा, हम सगे भाई हैं, हमारा मनमुटाव और लोग देखेंगे तो क्या कहेंगे? यह अच्छा नहीं लगता।

हरखू : अच्छा न लगने की इसमें कौन-सी बात है। हर आदमी किस्मत लेकर आता है...अब मेरी किस्मत अच्छी है तो तुम्हें जलन होती है!

जीतू : हमें जलन क्यों होगी दादा, हमें तो खुशी होती है।

हरखू : खुशी होती तो तू कुढ़ता नहीं!

जीतू : कैसी बातें करते हो दादा! हमें हमेशा खुशी होती है। हमेशा इस बात का सहारा रहता है कि दादा इतने अमीर हैं, मुझ ग़रीब पर रहम की नज़र रखेंगे।

हरखू : **(व्यंग्य-भरी हँसी के साथ)** तो मेरी अमीरी का सहारा तुम्हें रहा आज तक?

जीतू : सहारा तो तुम्हारा ही है। मदद न करते तो मर जाता।

हरखू : तो जीतू, अब हमारे पैसे का सहारा मत रखो। समझे! और न मेरा सहारा अपना समझो!

जीतू : कैसी बातें करते हो हरखू दादा...आखिर तुम मेरे बड़े भाई हो, तुम्हारा सहारा नहीं होगा तो किसका मुँह देखूँगा। मैं ग़रीब हूँ दादा...भगवान ने तुम्हें अमीर बनाया है।

हरखू : तुम्हारा मतलब क्या है? इतनी चापलूसी क्यों आज कर रहे हो?

जीतू : चापलूसी क्यों करूँगा, और कर भी ली तो बुरा क्या है? तुम बड़े हो मैं छोटा। भगवान...

हरखू : **(बात काटकर)** बेकार की बातें मत बनाओ। अच्छा, मैं चलता हूँ...

जीतू : **(उसे रोककर)** एक बात सुनते जाओ दादा।

हरखू : **(रुककर)** क्या है?

जीतू : कल दिवाली है दादा।

हरखू : हाँ, है तो। मगर मैं क्या करूँ?

जीतू : घर-घर दीये जलेंगे और पूरा गाँव रोशनी से दमक उठेगा। समुद्र के किनारे का यह गाँव खुशियाँ मनाएगा। रात में समुद्र से परियाँ निकल-निकलकर चमकती रेत पर नाचेंगी...

हरखू : हाँ-हाँ, परियाँ तो नाचेंगी...खूब रोशनी होगी। तुम्हारा मतलब क्या है?

जीतू : दादा... **(कुछ रुककर)** पर मेरा घर अँधेरा पड़ा रहेगा!

हरखू : तो क्या हुआ?

जीतू : यह तुम्हें अच्छा लगेगा?

हरखू : सब भगवान की मर्जी है। कहीं धूप तो कहीं छाया!

जीतू : दादा, मेरे पास खाने के लिए भी कुछ नहीं है।

हरखू : तू तो हर वक्त भूखा रहता है। मेहनत-मजदूरी करके पेट भर अपना।

जीतू : सब कुछ किया पर पेट नहीं भरता।

हरखू : **(चलते हुए)** तो मैं क्या करूँ?

जीतू : कुछ पैसे दे दो!

हरखू : **(गुस्से से)** मेरे पास पैसे नहीं हैं।

जीतू : इतने अमीर हो दादा, फिर भी ऐसी बातें करते हो।

हरखू : कह दिया बस, पैसे नहीं हैं मेरे पास।

जीतू : अच्छा, बस आज दे दो। फिर कभी तुमसे नहीं माँगूँगा।

हरखू : **(चलते हुए)** नहीं...नहीं...मेरे पास पाई नहीं है...

जीतू : कुछ तो रहम करो दादा...गरीब भूखे पर...

[*हरखू चला जाता है। जीतू हताश होकर माथे पर हाथ रखकर वैसे ही*

बैठ जाता है। तभी एक साधु लकड़ियों का एक बड़ा-सा गट्ठर उठाए हुए आता है! उसके पैर काँप रहे हैं। मंच के बीच में पहुँचते ही वह गट्ठर समेत गिर पड़ता है।]

जीतू : **(उठकर पास जाते हुए)** अरे...गिर पड़े बाबा!

साधु : हाँ बेटा, बोझा बहुत था...

जीतू : **(उठाते हुए)** आओ बाबा, कुछ देर आराम कर लो...कुछ पानी पी लो!

साधु : ला बेटा, पिला पानी। कुछ खाने को हो तो खिला भी दे।

जीतू : **(बहुत दुःख से)** बाबा, खाने के लिए मेरे पास कुछ भी नहीं है। मैं खुद भूखा हूँ।

साधु : तो तुम भूखों मरते हो...

जीतू : अरे बाबा, मेरी कहानी सुनकर तुम क्या करोगे... **(एकदम बात पलटकर)** तुम बूढ़े हो, लाओ तुम्हारी लकड़ियाँ मैं पहुँचा दूँ!

साधु : लकड़ियाँ मैं ले जाऊँगा। तुम रहने दो...

जीतू : तो इसमें क्या हुआ? इतनी ताकत है मुझमें बाबा!

साधु : अच्छा सुनो। **(जेब से कुछ निकालते हुए)** मैं तुम्हें एक चीज़ देता हूँ, इससे तुम्हारी ग़रीबी दूर हो जाएगी...तुम अमीर हो जाओगे।

जीतू : **(खिलकर)** सच बाबा!

साधु : सच कह रहा हूँ, बेटा, तुम इतने दयावान हो फिर भी तुम भूखे रहो...यह तो ग़लत है न।

जीतू : **(खुशी से भरे स्वर में)** तो मैं अमीर हो जाऊँगा!

साधु : **(जेब से एक चमकदार शीशे का टुकड़ा निकालकर)** यह देखो! यह बहुत कीमती पत्थर है। यही पत्थर तुम्हें अमीर बना देगा!

जीतू : लेकिन कैसे!

साधु : ध्यान से सुनो। जैसा मैं कहता हूँ वैसा ही करना। बस, तुम अमीर हो जाओगे...लेकिन अमीर हो जाने के बाद ग़रीबों को भूल मत जाना...बस, यही शर्त है!

जीतू : मैं हमेशा ग़रीबों की मदद करूँगा बाबा!

साधु : तो लो यह पत्थर! **(पत्थर उसे देता है)** अभी यहाँ से समुद्र के राजकुमार निकलेंगे, वे इस पत्थर के बदले तुम्हें कुछ भी दे सकते हैं...

जीतू : तो इसके बदले में मैं रुपया माँग लूँ?

साधु : नहीं, उनसे तुम एक चक्की माँगना! समुद्र के राजकुमारों के पास एक चक्की है, जिसका नाम 'समुद्र का पानी' है।

जीतू : चक्की का नाम 'समुद्र का पानी' है। वह तो बड़ी अजीब चक्की होगी!

साधु : और क्या! बस, वही चक्की तुम माँग लेना। उस चक्की से तुम जो कुछ माँगोगे वही मिलेगा...

जीतू : सच बाबा। जो माँगूँगा, वह मिल जाएगा।

साधु : हाँ, नाम याद रखना, 'समुद्र का पानी'। अच्छा आओ, अब मेरा गट्ठर उठवा दो।

जीतू : **(गट्ठर उठवाता है)** इधर फिर आना बाबा।

साधु : आऊँगा बेटा...

[*साधु चला जाता है। जीतू खुशी और आश्चर्य से उस पत्थर को आँखें फाड़ कर देखता है। तभी कागज़ की तुरही बजाता हुआ एक बालक खूब अच्छे लिबास में आता है।*]

जीतू : **(उसे देखकर)** अरे तुम कौन हो?

बालक : मुझे नहीं जानते! मैं समुद्र के राजकुमार का सिपाही हूँ।

जीतू : अच्छा, राजकुमार कहाँ हैं?

बालक : वो समुद्र के किनारे घूम रहे हैं।

जीतू : उनके लिए मेरे पास एक बहुत बढ़िया चीज़ है।

बालक : क्या है?

जीतू : **(पत्थर दिखाकर)** यह देखते हो!

बालक : **(आश्चर्य से)** अरे, यह तुम्हें कहाँ से मिला?

जीतू : मिल गया... **(जेब में रख लेता है)**

बालक : इसे तुम मुझे दे दो। मैं तुम्हें बहुत-सा रुपया दूँगा।

जीतू : नहीं-नहीं मैं इसे किसी को नहीं दूँगा। अगर तुम्हारे राजकुमार आएँ तो देखा जाएगा।

बालक : **(उतावलेपन से)** मैं उन्हें अभी बुला लाता हूँ...**(जाते हुए)** एक पल में। पर तुम कहीं चले मत जाना...यहीं रहना। मैं अभी आया।

[*बालक चला जाता है और एक क्षण बाद ही तीन-चार राजकुमार के साथ फ़ौरन वापस आता है। राजकुमार खूब फूल और झण्डियाँ लिए हुए हैं। फूलों से सजे हुए हैं।*]

बालक : **(इशारा करके)** इसी आदमी के पास वह पत्थर है।

जीतू : यह देखो! **(पत्थर दिखाता है)**

राजकुमार : **(ललचाकर)** इसे तुम मुझे दे दो।

जीतू : लेकिन बदले में मुझे क्या मिलेगा?

राजकुमार : जितना रुपया चाहो ले लो...लाख, दो लाख...

जीतू : मुझे रुपया नहीं चाहिए।

राजकुमार : तो कुछ और माँग लो।

जीतू : हमें वह चक्की दे दो, जिसका नाम 'समुद्र का पानी' है।

राजकुमार : **(कुछ सोच में पड़कर)** 'समुद्र का पानी'! वह चक्की मैं नहीं दे सकता।

जीतू : तो मैं पत्थर भी नहीं दे सकता। मुझे और कुछ चाहिए ही नहीं। रहने दो, कोई बात नहीं।

राजकुमार : **(सिपाही से)** यह तो देता ही नहीं।

बालक : कहिए तो इसे पकड़ ले चलूँ।

राजकुमार : नहीं...नहीं, पकड़ो मत। **(जीतू से)** अरे भाई मान जाओ।

जीतू : **(बेपरवाही से)** नहीं भाई। मैं सिर्फ चक्की ही लूँगा।

राजकुमार : वह चक्की मैं तुम्हें दे दूँगा तो समुद्र सूख जाएगा। वही चक्की दिन-रात चलती है, उसी के पानी से समुद्र भरा रहता है।

दूसरा राजकुमार : **(राजकुमार से)** भइया, हम दूसरी चक्की से काम चला लेंगे, पर यह पत्थर फिर नहीं मिलेगा।

राजकुमार : **(जीतू से)** अच्छा भाई, वह समुद्र का पानी वाली चक्की हम तुम्हें दे देंगे। अब तो दोगे पत्थर?

जीतू : क्यों नहीं दूँगा? ज़रूर दे दूँगा!

राजकुमार : लाओ फिर? **(हाथ बढ़ाता है)**

जीतू : ऐसे नहीं राजकुमार, पहले चक्की तो लाओ!

बालक : हम लोग अभी लाकर चक्की तुम्हें दे देते हैं। बस न!

राजकुमार : पर तुम कहीं चले मत जाना। **(कुछ सोचकर)** अच्छा, एक बात है **(बालक सिपाही से)** मैं यहीं रुक जाता हूँ, तुम लोग जाकर चक्की ले आओ।

बालक : बहुत अच्छा राजकुमार! हम अभी लाते हैं!

राजकुमार : उड़ते हुए जाओ, देर न होने पाए। **(दूसरे राजकुमारों से)** तुम भी साथ चले जाओ।

बालक : अच्छा राजकुमार। बस, अभी आए।

[*बालक सिपाही और तीनों राजकुमार चले जाते हैं और एक पल बाद ही चक्की उठाए हुए चारों प्रवेश करते हैं। चक्की भीगी हुई है और उसमें पानी टपक रहा है।*]

जीतू : अरे, इतनी जल्दी।

राजकुमार : और क्या? हम समुद्र के राजकुमार हैं, तुम्हारी तरह थोड़े ही हैं। लो चक्की लो, और पत्थर मुझे दो।

जीतू : **(पत्थर देकर)** लो भाई लो...

राजकुमार : **(पत्थर पाकर प्रसन्न होते हुए)** इस पत्थर के लिए हम कितने परेशान थे!

[*तीनों राजकुमार उसे ले-लेकर देखते और खुश होते हैं।*]

जीतू : लेकिन यह चक्की चलेगी कैसे!

राजकुमार : घबराओ मत। अभी सब बताए देता हूँ... **(चक्की के पास जाकर)** देखो, जब इसे सीधी ओर चलाओगे तो जो माँगोगे वह मिलेगा...और उल्टी ओर चलाओगे तो चीज़ मिलना बन्द हो जाएगी। अब जितनी चीज़ चाहो उतनी माँग लेना। और हाँ, इसे किसी के सामने मत चलाना, समझे!

जीतू : समझ गया...

राजकुमार : तो हम चलते हैं। **(सबको साथ लेकर)** आओ, चलें...चलकर यह पत्थर सबको दिखाएँ...

[*सब राजकुमार और बालक सिपाही कूदते हुए और तुरही बजाते हुए चले जाते हैं।*]

जीतू : **(स्वगत)** अब मैं सबको हैरत में डाल दूँगा। **(चक्की उठाकर भीतर झोंपड़ी में रख आता है और बाहर निकलकर विंग के पास से आवाज़ लगाता है)** अरे ओ हीरा! **(ओ बादामी ...पीछे से कई आवाज़ें आती हैं)** क्या है, क्या है!

जीतू : **(वैसे ही पुकारकर)** अरे सुनो तो...आज तुम्हारी दावत है।

[*दो-तीन जन दौड़ते हुए आते हैं।*]

बादामी : अरे क्या बात है जीतू भइया, बहुत खुश नज़र आ रहे हो!

जीतू : अरे भइया, भगवान ने मेरी सुन ली! अब तुम लोग रोज़

मेरे घर खाना खाया करो।

हीरा : बड़ी अजीब बात है जीतू। अभी सवेरे तुम्हारे घर खाने के लिए दाना नहीं था, अब दावत दे रहे हो। **(झोंपड़ी की ओर देखकर)** भीतर भी तो कुछ नहीं है।

जीतू : सब कुछ है भइया। फिकर मत करो। बस एक पल के लिए बैठ जाओ, जो कहो सो खिलाऊँ।

हीरा : हम तो लड्डू खाएँगे।

बादामी : हम इमरती खाएँगे।

जीतू : अभी लो। **(कहता हुआ झोंपड़ी में घुस जाता है)**

हीरा : **(इशारे से)** यह कहाँ से लाएगा?

बादामी : पता नहीं!

हीरा : पागल हो गया है शायद...

[*जीतू लड्डू और इमरती लेकर वापस आता है।*]

जीतू : लो भाइयो, खाओ। और जितना मन आए...खूब पेट भर कर।

[*दोनों खाते हैं, तभी हरखू घूमता हुआ आता है और उन्हें खाता देखकर रुक जाता है।*]

हरखू : वाह भाई वाह, मिठाई उड़ रही है। क्यों जीतू, तू तो अभी हमसे खाने के लिए माँग रहा था।

जीतू : सब परमात्मा की दया है दादा। तुम भी कुछ खा लो...जो कहो वह ले आऊँ!

हरखू : **(चतुराई से)** अच्छा, जो कहूँ... मैं तो आम खाऊँगा।

जीतू : अभी लो दादा!

[*भीतर चला जाता है।*]

हरखू : **(हीरा से)** यह कहाँ से ले आया यह सब।

हीरा : पता नहीं, भीतर ऐसी न जाने कौन-सी चीज़ रखी है, उसी से सब निकाल लाता है।

हरखू : अच्छा! **(आश्चर्य से)** जरा देखूँ!

[*झोंपड़ी की दीवार के पास जाकर छेद से भीतर देखता है।*]

हरखू : अच्छा, यह बात है! **(फुसफुसाकर हीरा से)** इसके पास एक चक्की है, उसी से चीज़ें निकाल रहा है... **(कुछ सोचकर)** अगर तुम लोग उसे बातों में लगा लो, जब वह बाहर आए, तो मैं पीछे से घर में घुसकर चक्की उड़ा लूँ! बस हम मालामाल हो जाएँगे। तुम्हें भी हिस्सा देंगे।

हीरा : ज़रूर करो हरखू भइया...वह बाहर आए तो हम उसे बातों में लगाए रखेंगे, बस तुम चक्की उड़ा लो। जाओ...

[*हरखू चला जाता है। जीतू आम लेकर बाहर आता है।*]

जीतू : अरे, दादा कहाँ गए?

हीरा : वह अभी आते हैं...लाओ आम इधर रखो। **(बातों में लगाने के लिए)** अब तुम शादी कर लो जीतू भइया।

जीतू : ज़रूर करूँगा।

बादामी : अच्छा भइया, मैं जरा चलता हूँ। **(हीरा को आँख से इशारा करता है)**

[*बादामी चला जाता है।*]

हीरा : हमने एक बहुत सुन्दर लड़की देखी है। कहो तो शादी तय करा दूँ।

जीतू : सब भगवान की दया है भइया...जब बखत आएगा तब सब हो जाएगा।

हीरा : तुम बेकार की बातें करते हो...

जीतू : अच्छा तुम्हारे लिए पानी ले आऊँ...

हीरा : **(बाँह पकड़कर रोकता है)** अरे पानी की जरूरत नहीं है।

[*बादामी घबराया हुआ भीतर दौड़कर आता है।*]

बादामी : ग़जब हो गया भइया! हरखू मरा जा रहा है...

हीरा : क्या हुआ?

बादामी : अरे जीतू भइया, हरखू तुम्हारी चक्की चुराकर अभी ले गया। वहाँ बाहर एक गड्ढे में उसने उसे चलाया और भूल से पानी उसके मुँह से निकल पड़ा...बस, उस चक्की से धड़धड़ पानी निकलने लगा...इतना पानी कि हरखू उसमें डूबा जा रहा है...पूरा गड्ढा पानी से भर गया! उस चक्की को जल्दी बन्द करो...उसे बन्द करना नहीं आता।

[*जीतू भागकर चला जाता है।*]

हीरा : बड़ी भारी गलती की उसने...

बादामी : क्या बताएँ? उसे मालूम ही नहीं था। वह चक्की बन्द ही नहीं होती...जादू की चक्की है...

हीरा : जादू की चक्की तो है ही...अब क्या होगा?

[*तभी जीतू भीगी हुई चक्की और हरखू के साथ आता है। हरखू भी भीगा हुआ है।*]

जीतू : यह तुमने गलत काम किया दादा। तुमने इसे चुराया क्यों?

हरखू : गलती हो गई भइया? मैंने सोचा था कि तुम इससे बहुत अमीर हो जाओगे...

जीतू : गरीब भी अमीर हो सकता है! इसीलिए दादा, घमण्ड करना अच्छा नहीं होता। अब गरीब की हमेशा मदद करोगे न!

हरखू : हमेशा भइया...हमेशा...

[*हरखू सिर लटकाए खड़ा है। जीतू चक्की उठाकर भीतर रखता है।*]

(पर्दा गिरता है)

अच्छा लड़का

[एक गली का दृश्य, जिसमें तीन-चार बच्चे गुल्ली-डण्डा खेल रहे हैं। एक अन्धा भिखारी उधर से निकलता है। वह लाठी टेककर खड़ा हो जाता है। बच्चों में से दो सगे भाई हैं, लल्लू और मुन्नू।]

भिखारी : भइया ज़रा रास्ता बता देना...

मुन्नू : **(एकदम गुल्ली डण्डा छोड़कर)** किधर जाओगे सूरदास?

भिखारी : बाज़ार की तरफ भइया!

[तीनों बच्चे उसके आस-पास सिमट आते हैं। लल्लू भिखारी की झोली का कपड़ा हटाकर उसमें झाँकता है। भिखारी उसे ताड़ लेता है।]

भिखारी : इसमें आटा है भइया...

बोधन : लल्लू भिखारी की झोली क्यों छूते हो?

[लल्लू शैतानी से उसकी ओर इशारा करता है कि चुप रहो, मज़ा दिखाएँगे।]

लल्लू : पैसा लोगे सूरदास!

भिखारी : दे दो भइया...

लल्लू : हमारे पास अठन्नी है, सात आने वापस करो तो दूँ!

मुन्नू : **(चीखकर)** सूरदास पैसे मत देना! **(लल्लू से)** तुम्हारे पास अठन्नी कहाँ से आई।

लल्लू : **(छोटे भाई को झिड़कते हुए)** तुझे क्या मालूम? बाबूजी ने दी थी हमें...

मुन्नू : नहीं, तेरे पास एक भी पैसा नहीं है...

लल्लू : हैं! सूरदास, सात आने दो...

[*भिखारी अपनी जेब से पैसे निकालकर गिनने लगता है और लल्लू को सात आने पकड़ा देता है। लल्लू एक खपरे का गोल टुकड़ा उसकी हथेली पर रख देता है। भिखारी उसे टटोल कर*–]

भिखारी : यह क्या दे दिया भइया?

लल्लू : **(खूब ज़ोर से हँसकर)** अठन्नी है सूरदास! नई अठन्नी।

बोधन : यह बहुत बुरी बात है लल्लू...

मुन्नू : मैं जाकर बाबूजी से शिकायत करता हूँ कि लल्लू दादा ने सूरदास के पैसे ले लिए हैं...

भिखारी : भइया, हमारे पैसे लौटा दो...ग़रीब आदमी हैं भइया!

लल्लू : **(चिढ़ाते हुए)** तुम्हें अभी अठन्नी दी है सो!

भिखारी : **(गिड़गिडाकर)** नहीं भइया...मुझ ग़रीब को परेशान मत करो, बड़ी मुश्किल से कमाई है!

मुन्नू : **(बिगड़ते हुए)** तुम सूरदास के पैसे देते हो कि नहीं?

लल्लू : **(शिकायत के डर से)** दे तो रहा हूँ...**(पैसे वापस कर देता)** बाज़ार जाओगे सूरदास! अच्छा, रास्ता बताता हूँ...**(कहकर**

उसकी लाठी पकड़ लेता है और सामने की दीवार की ओर उसे बढ़ा देता है) हाँ, सीधे चले जाओ सूरदास!

[*भिखारी जाकर दीवार से टकरा जाता है। लल्लू हँसता है।*]

भिखारी : भइया हमें परेशान करते हो! **(वहीं लाठी रखकर बैठ जाता है)** हमें परेशान करने से क्या मिलेगा भइया! ग़रीबों को मत सताया करो...

[*लल्लू हँसता रहता है।*]

बोधन : **(भिखारी के पास जाकर)** आओ सूरदास हम तुम्हें रास्ता बताएँ...

[*लल्लू गुल्ली-डण्डा लेकर खेलने लगता है।*]

भिखारी : हम चले जाएँगे, तुम रहने दो। हमें परेशान करते हो!

लल्लू : आओ बोधन-मानिक, हम लोग खेलें।

मुन्नू : नहीं पहले सूरदास को रास्ता बता दें। **(भिखारी से)** आओ सूरदास...हम ठीक रास्ता बताएँगे...

भिखारी : हम अपने आप चले जाएँगे...कैसे खराब लड़के हो तुम लोग। अन्धे पर भी दया नहीं करते।

लल्लू : **(सबको पुकारकर)** आओ मानिक, तुम लोग यहाँ आओ। **(गुल्ली उछालता है)**

मुन्नू : दादा, हम घर जा रहे हैं!

लल्लू : अभी से क्यों जा रहा है? तू पहुँच जाएगा तो हमें भी बुला लिया जाएगा! खेल न मुन्नू।

मुन्नू : चाचाजी आ रहे होंगे कानपुर से। वो चीज़ें लाएँगे हमारे लिए। हम तो भइया चीज़ें लेंगे, अब नहीं खेलते...

मानिक : हम भी चलेंगे मुन्नू। थोड़ी देर रुको।

[*भिखारी बैठा हुआ कुछ निकालकर खाना शुरू कर देता है और उसे प्यास लगती है।*]

भिखारी : भइया, कहीं पानी मिल जाएगा?

लल्लू : पानी चाहिए सूरदास? **(धीरे से हँसता है)**

भिखारी : अरे तुम वही हो जिसने हमारे पैसे लिए थे। तुम रहने दो बाबा!

बोधन : हाँ सूरदास, यह लल्लू है...चलो, हम पानी पिलाएँ तुम्हें...

मुन्नू : हाँ-हाँ, दादा को खेलने दो...

लल्लू : **(अपना अपमान समझकर)** नहीं मैं पिलाऊँगा पानी! **(भिखारी की लाठी पकड़ता है)**

भिखारी : **(लाठी छुड़ाते हुए)** नहीं भाई, तुम तो मुझे कुएँ में गिरा दोगे...तुम्हारा क्या भरोसा? शैतान लड़के ठहरे!

लल्लू : मैं शैतान हूँ! **(क्रोध से)**

भिखारी : हाँ भइया, शैतान लड़कों पर कोई विश्वास नहीं करता। न उन्हें कोई प्यार करता है।

मुन्नू : हमें प्यार करते हो सूरदास!

भिखारी : हाँ, तुम सीधे लड़के हो! तुम्हें दुनिया प्यार करेगी। ईश्वर तुम्हें तमाम चीज़ें देगा। तुम्हें बड़ा आदमी बनाएगा!

लल्लू : हूँ, बकता है! मैं तो करूँगा शैतानी। जाओ नहीं मानता!

मुन्नू : अच्छा बाबा बैठो, मैं तुम्हारे लिए पानी लिए आता हूँ।

[*मुन्नू दौड़कर चला जाता है। लल्लू एक मट्ठी में धूल भरकर हाथ पीछे करके खड़ा हो जाता है। मानिक और बोधन गुल्ली-डण्डा खेलने लगते हैं। तभी मुन्नू एक लोटे में पानी लेकर आता है। जैसे ही वह लोटा भिखारी को पकड़ाता है, लल्लू उसमें धूल झोंक देता है।*]

लल्लू : **(शैतानी से हँसते हुए)** हो...हो...शरबत बना दिया...

[*भिखारी लोटा होंठों से लगाता है।*]

मुन्नू : **(लोटा छीनकर)** मत पिओ सूरदास...**(लल्लू से)** मैं अभी बाबूजी से शिकायत करता हूँ!

लल्लू : शिकायत क्या करेगा? शरबत है शरबत! **(गुल्ली-डण्डा खेलने लग जाता है)**

[*मुन्नू जाकर फिर पानी लाता है और लल्लू की आँख बचाकर भिखारी*

को पानी पिला देता है। पानी पीकर वह वहीं बैठा रहता है कि तभी दाहिनी ओर से एक लड़का बूढ़े चाचा की शक्ल में एक छोटा-सा बक्स पकड़े और छड़ी लिए हुए आता है।]

लल्लू : **(एकदम खेल छोड़कर)** किधर जाएँगे आप!

चाचा : इधर ही जाऊँगा...

लल्लू : तो चले जाइए!

[*चाचा से बक्से का वजन सँभल नहीं रहा है। वे काँपते हुए चल रहे हैं कि लल्लू शैतानी से उनका बक्सा खींचता है। खींचने के कारण उनका संतुलन बिगड़ जाता है, धोती में पैर फँसने के कारण वे लड़खड़ाकर गिर पड़ते हैं।*]

लल्लू : **(खूब ज़ोर से हँसकर)** गिर पड़े पिलपिली साहब!

[*मानिक, बोधन भी हँस पड़ते हैं।*]

चाचा : **(छड़ी टेककर उठते हुए)** बड़े खराब लड़के हो तुम! तुमने मुझे गिरा दिया! हैं! यह भी नहीं देखा कि मैं बूढ़ा आदमी हूँ! हैं! **(अपनी ऐनक ठीक करने लगते हैं और बिगड़ते जाते हैं)** अभी हड्डी टूट जाती मेरी! हैं!

लल्लू : हमने आपको कहाँ गिराया?

चाचा : **(बिगड़कर)** तुमने नहीं गिराया तो किसने गिराया...अभी मेरी दाढ़ी उखड़ जाती! हैं! **(अपनी दाढ़ी पर हाथ फेरते हैं।)**

मुन्नू : आपके कहीं चोट तो नहीं आई?

चाचा : चोट-वोट आई हो तो तुम्हें क्या? हैं! **(छड़ी दिखाकर)** अभी ठीक कर दूँगा सबको!

[*लल्लू छड़ी पकड़कर खींचता है और चाचा फिर बक्से पर गिर पड़ते हैं।*]

मुन्नू : **(लपककर उन्हें उठाते हुए)** क्या करते हो दादा। अभी चोट लग जाती तो...

लल्लू : **(बिगड़कर)** इनसे नहीं देखा जाता कि हम गुल्ली-डण्डा खेल रहे हैं! यही रास्ते में आ गए...अपने आप लगेगी चोट!

[*चाचा उठकर खड़े होते हैं।*]

चाचा : तुम जैसे शैतान लड़के से मैं बात नहीं करता...बदमाश कहीं का...हैं!

[*मुन्नू उन्हें बाँह पकड़कर उठाता है*]

लल्लू : आप तो भूसे के बने हुए हैं। जरा-सी छड़ी पकड़ ली तो गिर पड़े...**(मानिक और बोधन से)** आओ जी, हम लोग खेलें। हमारा खेल रोक दिया बूढ़े ने। जाओ जी, अपने रास्ते जाओ...

चाचा : बेहद खराब लड़का है यह!

[*मुन्नू उनकी छड़ी उन्हें पकड़ाता है और बक्सा खुद पकड़ लेता है।*]

मुन्नू : यह बक्सा भारी है। चलिए, मैं पहुँचा देता हूँ।

चाचा : नहीं भाई, मैं ले जाऊँगा। तुम रहने दो।

मुन्नू : चलिए चलिए...मैं पहुँचा दूँ। कहाँ तक जाएँगे आप? आप बूढ़े आदमी हैं...

चाचा : तुम तो बड़े अच्छे लड़के मालूम पड़ते हो...हैं!

भिखारी : **(जो उठकर खड़ा हो गया है)** हाँ भाई, यह लड़का बहुत अच्छा है। इसने मुझे पानी पिलाया और रास्ता बताने को तैयार था, लेकिन इसका बड़ा भाई बहुत शैतान है। उसने मुझे भी परेशान किया था!

लल्लू : **(डण्डा पकड़े-पकड़े)** क्या कहा सूरदास? अभी मज़ा चखा दूँगा!

[*तभी बाएँ विंग से एक लड़का बूढ़े बाप की पोशाक में पुकारता हुआ घुसता है।*]

रामचन्द : ओ लल्लू-मुन्नू...चलो घर। बहुत देर हो गई! **(लल्लू को डण्डा ताने देखकर)** अरे रे...यह क्या कर रहा है? किसे मार रहा है लल्लू!

लल्लू : **(भिखारी और बूढ़े चाचा की ओर इशारा करके)** बाबूजी यह सूरदास और यह आदमी नहीं मानता। हमें खेलने नहीं देते...

[*रामचन्द बारी-बारी से सूरदास और चाचा की ओर देखते हैं तभी एकदम पहचान कर–*]

रामचन्द : अरे केशव बाबू! आप आ गए? यहाँ क्यों रुक गए।

चाचा : अरे भाई रामचन्द! तुम्हारा ही घर खोज रहा था...स्टेशन से सीधा चला आ रहा हूँ!

रामचन्द : **(लल्लू और मुन्नू की ओर देखकर)** अरे ऐ लल्लू-मुन्नू! अरे बेटा, यही तुम्हारे चाचा हैं, जो कानपुर से आने वाले थे। प्रणाम करो!

लल्लू : **(आश्चर्य से)** चाचा! यही चाचाजी हैं।

रामचन्द : और तू इन्हीं से लड़ रहा था?

भिखारी : यह हमसे भी लड़ता था बाबूजी...हमें सता रहा था।

मुन्नू : हाँ बाबूजी, दादा ने भिखारी के पानी में धूल डाल दी थी।

चाचा : **(मुन्नू और लल्लू को देखकर)** यही दोनों तुम्हारे बेटे हैं!

रामचन्द : हाँ...यह लल्लू बड़ा है और मुन्नू छोटा।

मुन्नू : प्रणाम चाचाजी!

चाचा : जीते रहो बेटा! तुम बहुत अच्छे लड़के हो! **(रामचन्द से)** यह तो मेरा बक्सा उठाकर चलने को तैयार था!

मुन्नू : हमें पता था कि चाचाजी आज आ रहे हैं!

लल्लू : हमें भी पता था!

चाचा : पर मैं बुरे लड़कों को प्यार नहीं करता। जो लड़के अच्छे-अच्छे काम करते हैं, उन्हें ही प्यार करता हूँ। खूब चीज़ें देता हूँ!

[*जेब से चाबी निकालकर बक्सा खोलते हैं और किताबों तथा खिलौने, गेंद आदि निकालकर मुन्नू को देते हैं।*]

चाचा : यह सब मुन्नू के लिए हैं! यह बहुत अच्छा लड़का है। सब लोग इसे प्यार करेंगे! **(लल्लू से)** जब तुम अच्छे लड़के बन जाओगे तब तुम्हें भी खूब चीज़ें दूँगा। समझे!

(पर्दा गिरता है)

झूठी दीवारें

[*मंच पर क्वार्टरों के पिछवाड़े का आभास। दीवार से मिली हुई एक छोटी-सी दीवार खड़ी कर ली गई है, जैसे रहने वालों ने अपनी-अपनी ज़मीन बाँट ली हो। इस तरह मंच दो भागों में बँटा हुआ है। दाईं ओर के हिस्से में एक सरदार जी मुगदर या चैस्ट ऐक्स्पैंडर लिए हुए कसरत करते होते हैं, कि पर्दा उठता है। पर्दा उठने पर गांगुली बाबू बगल में चटाई दबाए, हारमोनियम उठाए प्रवेश करते हैं। बाईं ओर वाले हिस्से में चटाई बिछाकर हिन्दी प्राइमर पढ़ने लगते हैं। हारमोनियम उनके पास ज़मीन पर पड़ा है, वे ऊँचा-ऊँचा पढ़ रहे हैं कि दाईं ओर से सरदारजी का एक मित्र लालचन्द प्रवेश करके सरदारजी के हिस्से में रुक जाता है।*]

लालचन्द : क्यों सरदारजी! कसरत हो रही है?

सरदारजी : **(कुछ रुककर)** आओ बादशाओ! बस, ख़तम ही कर रया हूँ।

[*फिर कसरत करने लगते हैं।*]

लालचन्द : **(मुस्कराते हुए)** ये कसरत कब से शुरू कर दी।

सरदारजी : **(कसरत रोककर लम्बी साँस लेते हुए)** बादशाओ! नौकरी नहीं मिलदी ते हौर की करिए! सोचा, कसरत ही सई।

लालचन्द : **(ठहाका लगाकर)** हमने सोचा सरदारजी को यह नया शौक कब से हुआ? हमको तो भाई कल एक जगह इंटरव्यू के लिए जाना है। देखो, क्या होता है?

[*गांगुली और ज़ोर-ज़ोर से पढ़ने लगते हैं और बीच-बीच में भूलकर झुँझला उठते हैं।*]

सरदारजी : बादशाओ! हम तो पचासों इंटरव्यू दे चुके हैं। हर जगह एक ही रोना है, हिन्दी...हिन्दी **(मुँह बिगाड़ लेते हैं)** हम ते पंजाबी ही जान दे हाँ भाई! की करिए?

लालचन्द : इसी बात के लिए हमें भी डर है भाई जान! अपन तो उर्दू जानते हैं। बचपन से वही पढ़ी है।

[*गांगुली इन लोगों को बातें करते देख दोगुनी ऊँची आवाज़ में पढ़ने लगते हैं।*]

सरदारजी : **(झुँझलाकर)** ए दादा! आसमान क्यों सिर ते उठा रखा है? बात भी करने दे!

[*गांगुली अनसुनी कर देते हैं।*]

सरदारजी : **(लालचन्द से)** हम तो अब किसी इंटरव्यू में नहीं जाते! जानते हाँ ते नौकरी लग नहीं सकदी। पंजाबी नू कौन पूछता है! **(गांगुली चुप नहीं हुआ है, इसीलिए सरदारजी झुँझला उठते हैं)** ऐ और नाक विचा दम किए है...

लालचन्द : बंगाली दादा! कुछ तो रहम करो हम लोगों पर। अब, बस करो।

गांगुली : ऐई तो हम बी बोलता है बाबा! ई हीन्दी हमरे बश का नाहीं। **(किताब पटक देता है)** तीन महीना से रोज इशका पाठ करता है, पर ई है कि दीमाग में घुसता ही नेईं। **(सिर ठोकने लगता है)** तुम बात करो बाबा! तुम बात करो...अब हम नेईं पढ़ेगा।

[*इतना कहकर गांगुली हारमोनियम सरकाकर सुर मिलाना शुरू करते हैं।*]

गांगुली : सा रे...सा...सारे...गा...**(यह सुर धीमी आवाज़ में निकालते हैं)**

[*उनकी तरफ़ से ध्यान हटाकर दोनों दोस्त फिर बातें करने लगते हैं।*]

लालचन्द : **(जेब से अखबार की कतरन निकालकर)** देखो सरदार जी! चुंगी की साठ रुपये की नौकरी है। नौकरी मिल जाए तो तुम्हारी दावत रही।

सरदारजी : लालचन्द! तो ये दावत मिलने ते रही। न नौ मन राई होगी न राधा नाचेगी। तूँ उर्दू वाला...कौन रक्खेगा चुंगी विच।

[*गांगुली बाबू ज़ोर से सुर निकालते हैं।*]

गांगुली : सा रे सा...**(धीमे से) गा...मा...गा...मा...गा...(ज़ोर से)**

सरदारजी : **(लालचन्द से)** लालचन्दा! पहले मैं इस गामा से निपट लूँ...फिर तेरे नाल गल करदा हाँ!

[*गांगुली बाबू अपने ही राग में डूबे हुए हैं।*]

सरदारजी : **(मुगदर दिखाते हुए गांगुली से)** ठहर ते गामा दे बच्चे...पहले हिन्दी पढ़ रया सी, अब राग छेड़ बैठा! **(मारने को लपकते हैं कि लालचन्द रोक लेता है।)**

लालचन्द : सबर करो सरदारजी...सबर करो...**(गांगुली से जो घबराकर बाजा रोक देते हैं।)** बन्द करो दादा! ख़ामख़ाह इस गामा को छेड़ दिया। **(सरदार की तरफ इशारा करता है।)**

गांगुली : की बोलता है बाबा! हमको रोज़ डिस्टर्ब करता है। ऐही तो रीयाज करने का बख़त मिलता है। इसमें भी आफत...हीन्दी पढ़ा नेईं जाता तो संगीत से थोड़ा दील बहलाता है। ई हम को गाने को नेईं देंगा?

सरदारजी : इस जगह नहीं गाएगा दादा! समझा।

गांगुली : **(दोनों हाथ पसारकर)** बड़ा आफत है बाबा! घर में मिसेज़ नहीं गाने देता, बाहर तुम लोग पिछाड़ू पड़ा है। **(चीख़कर)** आख़िर हम गाएगा नेईं...

लालचन्द : बड़ी मुसीबत है दादा!

गांगुली : हम अपने हिस्से में गाता है। हम ईहाँ कुछ भी करने शकता, शमझा।

सरदारजी : ते हम भी सब कुछ करने सकता! समझा...जान आफ़त विच रखी है। सुबह-सुबह तुम संगीत सिक्खेगा। दुपहेर नूं तुम्हारा बच्चा लोग शोर मचाएगा और रात नूं घरवाली नाल लड़ेगा। किसी बख़त चैन नहीं...

लालचन्द : चुप करो सरदारजी...

सरदारजी : **(गुस्से से)** मछली बजार बना रखया है। हर बखत कीचो-कीचो लगाए रहन्दा है!

गांगुली : ऐ सरदारजी, हमारी भाशा के शम्बन्ध में कूछ भी बोलेगा तो बूरा होगा, बहोत बूरा होगा, शमझा! तुम बी तो गड्डी-फड्डी करता है...

लालचन्द : चुप भी करो दादा!

[*लेकिन दोनों अपनी रौ में लड़ रहे हैं।*]

गांगुली : **(गुस्से से)** जानता है...हम हारमोनियम पर रोविन्द्रो शंगीत गाता है...रोविन्द्रो बाबू का इत्ता नाम है...हम को बोलता कीचो-कीचो करता है! जीश भाशा के पाश रोविन्द्रो, शरत चन्द्रो, बोंकिम बाबू हो, ओ भाशा कान को बूरा लग शकता है?

सरदारजी : अरे सरत चन्दर को सिर पै उठाए घूमना। कदी हीर-राँझा भी पढ़या सी...बड़ा आया बंगाल वाला।

गांगुली : की बोलता है बाबा! रोविन्द्रो शंगीत शुन लेगा तो जीन्दगी भर नेईं भूलेगा...हूँ...

सरदारजी : पंजाब का मुकाबला करदा है। सोणी मईवाल (**महिवाल**) सुनया सी कदी। सुनदा ते झूम्म उठदा! बादशाओ! अरे सुराँ ई निरालियाँ ने...रास्ते दे पत्थर वी जी उठते थे सुनके।

गांगुली : शरदार जी, इश माफिक गरम होने कीया बात है? अबी तुमको रोविन्द्र संगीत शुनाता है...

[*गांगुली अपने हिस्से में जाकर फिर हारमोनियम बजाने लगते हैं।*]

लालचन्द : यह फिर चालू हो गया! क्या मुसीबत है!

सरदारजी : ठिक्क है बादशाओ! अस्सी वी निबट लेवांगे।

[*भीतर जाकर सरदारजी ढोलक उठा लाते हैं, लालचन्द आश्चर्य से खड़ा देखता रहता है।*]

सरदारजी : (**ढोलक लाकर**) अरे लालचन्दा! हुण जमेगी। आ इस दादा नूं 'हीर' सुणा देईये...

[*एक मौलवी उधर से आ निकलते हैं, जो सरदारजी के दोस्त हैं।*]

मौलवी : अरे, यह क्या हो रहा है सरदारजी, सुबह-सुबह!

सरदारजी : (**ढोलक पर थाप देकर**) देख नहीं रहे हो जी... (**गांगुली की ओर इशारा करके**) संगीत दा मुकाबला हो रया है बादशाओ!

लालचन्द : अरे इस दादा से मुकाबला क्या करना सरदार! तू ढोलक बजा ये अभी भाग जाएगा।

[*सरदार जी ढोलक पीटने लगते हैं, बेसुर-ताल। मौलवी वहीं बैठ जाते हैं*

कि गांगुली हड़बड़ाकर गुस्से से भरा हुआ सरदारजी के हिस्से में आता है।]

गांगुली : ई की कोरता है बाबा! कान फाड़ेगा कीया? ओए बाबा बोस कर।

[*सरदार जी दनादन ढोलक बजाए जा रहे हैं। इतने में एक आदमी पूजा के वेश में हाथ में नन्हीं-सी घण्टी लिए हुए और खड़ाऊँ पहने प्रवेश करता है।*]

पंडितजी : **(चीख़कर)** भगवान के वास्ते चुप करो सरदारजी। पूजा पाठ भी नहीं करने दोगें। पहले एक ही बजाता था अब तुम भी गवइये हो गए।

[*एक क्षण ढोलक रोककर सरदारजी फिर दनादन बजाने लगते हैं।*]

गांगुली : **(पंडित का सहारा लेकर)** देखता है बाबा! ई शोर मचाता है। न तुमको पूजा करने देता है न हमको रियाज करने देता है!

[*लालचन्द सरदारजी का हाथ पकड़कर रोकता है।*]

लालचन्द : बस करो सरदारजी...

मौलवी साहब : अब जो हो गया मुकाबला! दादा हार गया।

गांगुली : ई तो राक्षश के माफिक गाता है! बाबा **(पंडितजी से)** देखा पंडितजी...

पंडितजी : **(बिगड़कर)** तू ही कौन-सा चैन लेने देता है!

गांगुली : हम तो शूर में गाता है बाबा। ई तो बेशूरा है!

सरदारजी : क्या बोलदा है दादा! बड़ा बंगला वाला आया...

पंडितजी : **(समझाने के अंदाज़ में)** आज बहुत गरम हैं सरदारजी...आखिर बात क्या है?

सरदारजी : ऐ दादा बोलदा है बंगला बड़ी मीठी है। हम बोल दा पंजाबी मर्दा दी जबान है।

मौलवी : **(बीच में आकर)** भाई ज़ुबान तो एक ही है : और वह है अँग्रेज़ी।

लालचन्द : ये कही आपने मौलवी साहब, सोलह आने की बात!

पंडितजी : अरे, क्यों लड़ रहे हो...सब ज़बानें मीठी हैं भाई. ..सब ज़बानें अच्छी हैं! शौर बन्द करो, हमें पूजा करना है।

गांगुली : तुम लोग बोलता है शौ बोलता है मुशिबत तो हम लोग का है। हमरा दफतर का शाब ई बोलता है ई **(प्राइमर सामने कर देते हैं)** इशे पढ़ो नेईं तो नौकरी से बरखाश करेगा...

सरदारजी : हमको तो नौकरी मिलदा ई नई। ते तुमको मिलया हुआ नौकरी छुड़ाया जांदा है। अच्छी साँसत है!

गांगुली : इसी खातिर तो बोलता बाबा की हमको हीन्दी पढ़ने दो! तुम लड़ने लोगता है...

[*पंडितजी अपनी बात का कोई असर न होते देख शिव-शिव करते लौट जाते हैं।*]

लालचन्द : हिन्दी क्या पढ़ोगे, तुम। बूढ़ा तोता राम-राम नहीं पढ़ता, चाहे लाख पढ़ाओ...

मौलवी : अब हम लोग क्या हिन्दी पढ़ेंगे। ज़िन्दगी बीत गई फ़ारसी पढ़ते-गुनते।

गांगुली : ई शब हीन्दी वालों का चाल है बाबा! बड़ा-बड़ा सरकारी नौकरी खुद लेना माँगता है, इशी शे इश हीन्दी का बखेड़ा किया। हम बोलता अँग्रेजी क्यों नहीं चलने शकता?

मौलवी : दादा! हमारे ख़याल से अँग्रेजी से सारा झगड़ा मिट जाएगा।

सरदारजी : **(जैसे इस झगड़े को समझ ही नहीं पा रहे)** बड़ी मुसीबत ए भाई! कल हम इक रिक्शा पर बजार गया। हमारे पास टूटे हुए पैसे नेई थे। हमने रिक्शा वाले को कया, भाई इक रुपये दा भनघड़ दे! वो हमारा मुँह तक्के। बात ही न समझे! दस मिन्ट तक हम उसदे साथ सिर खपादा रहया...पर उसदी समझ में कुच्छ नहीं आया।

लालचन्द : तुम्हारी ठेठ पंजाबी समझता कौन!

सरदारजी : तो इस विच हमारा क्या कसूर है बादशाओ! हमने नाल दे इक दुकानदार नू कहया, पर वे भी हमारा मुँह तकदा रहया! बड़ी मत्था-पच्ची ते बाद हमने अपनी गल समझाई!

[*सब लोग ठहाका लगाते हैं।*]

गांगुली : ई सोमस्या हमारा शमझ के बाहर है बाबा! इत्ता सब लोग को कइसे हिन्दी आएगा!

सरदारजी : तो हिन्दी सीखदा कौन है बादशाओ! हम पंजाबी सूबा बनाएँगे, जिस विच सब नूं पंजाबी बुलवाएँगे।

मौलवी : अरे मद्रासी-बंगाली तुम्हारी पंजाबी कैसे समझेंगे। अंग्रेजी के बिना काम नहीं चलेगा।

सरदारजी : अँग्रेजी अपने दादाजी नूं भी नईं आँदी! साडा नाव नौलक्खा सिंह है तो असी इत्थे सब कोलों पंजाबी बुलवाँवेंगे।

गांगुली : ई पंजाबी तो और मुश्किल है बाबा! ई सब नेईं चलने का।

सरदारजी : **(गरम होकर)** चुप रह बे!

गांगुली : **(थोडा गरम होकर)** लाजबान काहे को बोलता, हमारा ईज्जत नेईं है...अबी बन्दूक लाएगा।

सरदारजी : **(गांगुली की तरफ झपटकर)** बन्दूक रख अपने घर में। तुझे और तेरी बंगला को बिना बन्दूक के उड़ा दूँगा।

[*उसी समय पंडितजी के साथ-साथ एक समाज सेवक प्रवेश करते हैं, लालचन्द और मौलवी लड़ाई का मज़ा ले रहे हैं। गांगुली डरे हुए हैं और सरदारजी जैसे मारने पर उतारू हैं।*]

पंडितजी : **(समाज सेवक से)** देखिए...ये देखिए **(दोनों की तरफ इशारा करता है।)**

समाज सेवक : क्या झगड़ा है भाई...क्या झगड़ा है...

गांगुली : **(पंडितजी की बाँह पकड़कर सहारा खोजते**

हुए) हम ईशका कोई बात समझ ई नेईं पाता। बेकार गरम होता है ई **(सरदार की ओर इशारा करके)**

सरदारजी : समझेगा कैसे नईं, अपनी बंगला एक तरफ रख।

गांगुली : **(पंडित के सहारे से आश्वस्त होते हैं)** तो तूमारा पंजाबी कौन पढ़ेगा?

समाज सेवक : ये सब बेकार के झगड़े हैं भाइयो! हम इसी तरह लड़ते रहे तो देश बरबाद हो जाएगा! ये भाषा और सूबों के झगड़े बेकार हैं। हमें इनसे ऊपर उठना है...नाहक लड़ते हो तुम लोग।

गांगुली : तो फिर रास्ता किया है बाबा?

समाज सेवक : रास्ता सिर्फ एक ही है...हम लोग एक-दूसरे के लिए अपने मन में जगह बनाएँ **(दीवार की तरफ इशारा करता है)** बीच की छोटी-छोटी दीवारें तोड़ दें। सब एक हो जाएँ...ये दीवारें हमने खुद खड़ी की हैं...इन्हें हम ही तोड़ेंगे। इन्हें तोड़ना पड़ेगा...

[*सब भौचक्के होकर बात सुनते हैं। गांगुली और सरदारजी धीरे-धीरे स्वीकृति में सिर हिलाते हैं।*]

समाज सेवक : आओ...हम सब मिलकर इन दीवारों को गिरा दें।

[*दीवार की तरफ बढ़कर दो-चार ईंटें नीचे फेंकता है। समाज सेवक को ईंटें गिराते देखकर सब लोग धीरे-धीरे ईंटें गिराते हैं।*]

समाज सेवक : (जोश से) ये दीवारें गिर जाएँगी तभी हम कुछ कर पाएँगे...गिरा दो इन्हें...गिरा दो...

(पर्दा गिरता है)

जेब ख़र्च

[*मंच पर एक छोटी-सी झोंपड़ी बनी हुई है, जिसमें एक गरीब बाप अपने बेटे रम्मू के साथ रहता है। बाप मेहनत-मजदूरी करके अपना तथा बेटे का पेट पालता और पढ़ाता है। झोंपड़ी से लगा हुआ एक छोटा-सा बाड़ा है जिसमें तीन-चार मुर्गियाँ हैं। बाड़े के पास ही एक नन्हा-सा चबूतरा है। चबूतरे के कोने पर एक बकरी बँधी हुई है। झोंपड़ी के बाहर निकले हुए लट्ठे में एक पिंजरा टँगा है, जिसमें तीन-चार चिड़ियाँ हैं। झोंपड़ी के दरवाज़े पर एक नन्हा पिल्ला बैठा हुआ है, बँधा हुआ भी हो सकता है। रम्मू का बूढ़ा और गरीब बाप पिल्ले के लिए एक कथरी सी रहा है...वह टटोल-टटोल कर टाँके लगा रहा है, जैसे उसकी नज़र बहुत कमज़ोर है। बीच-बीच में सुई उसकी अँगुलियों में घुस जाती है। रम्मू बकरी के लिए ताजे पत्ते तोड़कर लाता है।*]

रम्मू : **(पत्ते बकरी के सामने डालते हुए)** ले खा, कब से भूखी थी मेरी चन्दो!

बाप : **(टाँके लगाना रोककर)** अरे आ गया रमुआ, बेटा तू भी कुछ खा ले। कब से भूखा है...

रम्मू : खा लूँगा बापू, पहले इन सबके खाने का इंतजाम कर लूँ।

बाप : भैया नहीं आया अभी तक। आज स्कूल जाते हुए भी नहीं आया...लड़ाई तो नहीं हो गई।

रम्मू : अरे बापू नहीं, कमल से मेरी कभी लड़ाई हो सकती है! आज उसे देर हो गई थी, सो सीधा स्कूल पहुँच गया। **(प्यार से पिल्ले को सहलाता रहता है फिर उसी पिल्ले से)** तुम्हें भूख लगी है...बहुत भूखे हो! **(पुचकार कर)** अभी देते हैं...कमल आ जाए...अभी देते हैं।

बाप : **(कथरी एक ओर रखते हुए)** हाय ये आँखें बड़ा धोखा देती हैं...

रम्मू : **(चिंता से)** क्या हुआ बापू? सुई चुभ गई!

बाप : अब नहीं होता बेटा? सोचा था तुम्हारे पिल्ले के लिए कथरी सी दूँ। जाड़ा आ रहा है, पर कुछ सूझता ही नहीं। अब तो शरीर जबाब दे रहा है बेटा!

रम्मू : फिकर काहे करते हो बापू! थोड़े दिन की बात और है, दसवाँ पास किया, फिर तुम्हें नौकरी नहीं करने दूँगा!

बाप : **(मन-ही-मन प्रसन्न होकर)** हाँ-हाँ...अच्छा तू पहले अपना खाना खा ले!

रम्मू : **(पिल्ले को गोद में उठाकर)** ये अभी भूखा बैठा है, मैं कैसे खा लूँ!

बाप : **(हँसकर)** तुम लोगों की बातें मेरी समझ में नही आतीं। बड़े पगले हो। अरे, अपनी रोटी इसे भी खिला दे।

रम्मू : कमल इसके लिए खाना ला रहा होगा...

बाप : **(उठकर)** तुम दोनों इन्हीं जानवरों के पीछे दीवाने हो!

(कुछ रुककर अपनी लाठी उठाते हुए) अच्छा मैं काम पर हो आऊँ...बखत हो गया होगा।

रम्मू : हाँ-हाँ बापू, देर हो रही है!

[*रम्मू आधी सिली हुई कथरी बिछाकर पिल्ले को बड़े प्यार से उस पर बिठाता है। बाप अपनी लाठी लेकर धीरे-धीरे एक ओर से बाहर चला जाता है। तभी दूसरी ओर से कमल एक पिंजड़े में तोता लिए हुए दौड़ता हुआ आता है।*]

कमल : **(पिंजरा आगे बढ़ाकर)** ले आया...ले आया रम्मू!

रम्मू : **(एकदम उठकर)** अरे, तोता भी आ गया! **(देखते हुए)** बहुत सुन्दर है। **(खुशी से भरकर)** इसकी पूँछ कितनी लम्बी है!

कमल : **(खुशी से भरे स्वर में)** अरे, जरा चोंच देख, कितनी लाल है!

रम्मू : कौन लाया है इसे?

कमल : वो हमारा नौकर है न, उससे कहा था, बहुत दिनों पहले। आज पकड़ लाया।

रम्मू : अब एक बिल्ली और होनी चाहिए।

कमल : नहीं, नहीं, हमारा तोता खा जाएगी। हम खरगोश लाएँगे।

रम्मू : **(पिंजरा हाथ में लेते हुए)** अच्छा, इसका नाम तो रख लो!

कमल : **(रोब से)** नाम रखेंगे बाद में, राजा कहाँ है?

रम्मू : **(इधर-उधर देखकर)** अरे, अभी तो यहीं था। **(पिंजरा**

रखकर) कहाँ गया? **(भीतर झोंपड़ी में घुसे हुए पिल्ले को गोद में लाते हुए)** ये रहे राजा साहब!

कमल : **(बकरी की ओर बढ़कर)** चन्दो मेरी...**(उसके गले में बाँहें डालकर)** मेरी चन्दो।

रम्मू : भाई, इसका नाम जल्दी से रखो!

कमल : **(चबूतरे पर बैठकर)** बकरी का नाम चन्दो। मुर्गियों के नाम ताज और सलमा, पिल्ले का नाम राजा। गौरैया का नाम माला। और...और तोते का नाम...**(सोचता है)**

रम्मू : हीरा!

कमल : बिल्कुल ठीक, हीरा! **(पिंजरा उठाकर एक निकले हुए बांस में टाँगता है)** तो हीरा भाई तुम यहाँ रहोगे।

रम्मू : राजा के लिए खाना लाए कुछ।

कमल : आज बड़ा गड़बड़ हो गया रम्मू। रोज अम्माजी चार आने देती थीं, आज दो आने ही मिले।

रम्मू : तो राजा के लिए कुछ लेते आते।

कमल : फिर चन्दो भूखी रह जाती।

रम्मू : चन्दो के लिए तो मैं पत्ते तोड़ लाया हूँ।

कमल : कुछ दाना भी मिलना चाहिए उसे। रोज-रोज पत्ते खाकर उसका जी ऊब गया होगा। **(मुर्गियों के दरबे की ओर बढ़कर)** अरे, इस ताज और सलमा को भी कुछ मिला।

रम्मू : बापू ने बाजरा डाल दिया था। दोनों मस्त हैं...

कमल : एक बात बताओ रम्मू! आज पैसे मिले हैं सिर्फ दो आने। क्या लाऊँ राजा के लिए?

रम्मू : राजा के लिए दूध! लाओ मैं ले लाऊँ।

कमल : **(पैसे देते हुए)** जल्दी आना। हमारे मास्टर साहब का वक्त हो रहा है। अभी घर जाऊँगा।

[*एक भिखारी रास्ते से गुजरता है। साफ-सुथरे कमल को देखकर ठिठक जाता है। रम्मू दूध लेने दौड़ जाता है।*]

भिखारी : एक पैसा मिल जाए बेटा!

कमल : हमारे पास अब एक भी पैसा नहीं है बाबा! बैठ जाओ, रम्मू आ जाए तो शायद कुछ खाने के लिए मिल जाए।

भिखारी : **(बैठकर कुछ पहचानने की कोशिश करते हुए)** अरे तुम तो वकील साहब के बेटे हो न। यहाँ कैसे आ गए।

कमल : हमारा घर यही है बाबा।

भिखारी : हँसी करते हो बेटा! इतने बड़े घर के लड़के, इस झोंपड़ी में भला रहते हैं। राम-राम...

कमल : **(मज़ाक से)** नहीं बाबा, मैं यहीं रहता हूँ। मेरा सारा घर यहीं रहता है। वो वाला तो हमारे बाबूजी का घर है!

भिखारी : यहाँ तो कोई भी नहीं दिखाई पड़ता...

कमल : अरे, मेरा पूरा घर यहाँ पर है। हमारे घर में छः जन हैं!

भिखारी : **(हँसकर)** छः जन! फिर हँसी करने लगे।

कमल : नहीं बाबा, चाहे गिन लो। देखो, **(अँगुलियों पर गिन कर बताता है)** चन्दो, ताज, सलमा, और माला, चार। पाँचवाँ राजा और छठा आज आया है, हीरा!

भिखारी : हमें तो एक भी आदमी नहीं दिखाई पड़ता।

कमल : **(बकरी की ओर इशारा करके)** वह रही चन्दो। **(मुर्गियों की ओर बताकर)** वो रहीं ताज और सलमा। **(कुत्ते को उठाकर)** ये रहा राजा, और उस पिंजरे में माला और इस पिंजरे में हीरा!

भिखारी : तुम इन्हें अपने घर क्यों नहीं रखते? वहाँ तो बहुत जगह है बेटा।

कमल : **(उदास होकर)** हमारे बाबूजी गुस्सा होते हैं बाबा! कहते हैं ये सब गन्दा करते हैं। बहुत पहले हमने एक तोता पाला था, हम स्कूल चले गए, बस बाबूजी ने उड़ा दिया। **(तोते की कटोरी में पानी डालता है)**

भिखारी : यह तो बहुत बुरा किया तुम्हारे बाबूजी ने।

कमल : इसीलिए तो हमने सब यहाँ पाल रखे हैं! **(रम्मू दूध लेकर आता है। भिखारी को बैठा देखकर)**

रम्मू : अरे, चाचा तुम!

भिखारी : हाँ बेटा, आज कहीं रोटी नहीं मिली। तेरे पास हो तो कुछ खिला दे।

रम्मू : अभी देखता हूँ, बापू कितनी रोटियाँ छोड़ गए हैं। **(भीतर जाकर तीन रोटियाँ हाथ में लिए हुए बाहर आता है और उन्हें गिनते हुए)** दो हम खाएँगे, एक हमारी मुर्गियाँ... **(उदास होकर)** अच्छा चाचा, हम एक ही खा लेंगे, एक तुम ले लो।

भिखारी : नहीं बेटा, तू रख। मैं कहीं और माँग लूँगा।

कमल : अरे रम्मू, बाबा को एक रोटी दे दे। मुर्गियों के लिए मैं घर से कुछ ले आता हूँ। तब तक तू राजा को दूध पिला।

[*कमल भागते हुए जाता है। भिखारी रोटी लेकर चला जाता है और रम्मू पिल्ले के आगे दूध रखकर झोंपड़ी में घुस जाता है। इसी समय दो लड़के दबे पाँव आते हैं।*]

बच्चू : अरे ओ राधे, देख तो, आज ये तोता भी ले आए!

राधे : कितना अच्छा है तोता।

बच्चू : **(मुर्गियों के पास जाकर)** इनकी मुर्गियाँ कितनी बड़ी हो गई हैं, खूब अण्डे देती होंगी ।

राधे : **(फुसफुसाकर)** अंधा झोंपड़ी में होगा। एक मुर्गी निकाल ले चल।

बच्चू : नहीं-नहीं, तोता ले चल।

राधे : तू तोता ले मैं मुर्गी निकालता हूँ!

[*तोते और मुर्गी की तरफ दोनों बढ़ते हैं, तभी कमल आता है। उसके हाथ में सब्जियों के छिलके आदि हैं। दोनों को देखकर छिलके वहीं फेंककर उनकी ओर बढ़ता है।*]

कमल : **(चीख़कर)** रम्मू! ऐ रम्मू...

[*बच्चू और राधे भागने को होते हैं। कमल राधे को पकड़ लेता है, बच्चू भाग जाता है। रम्मू झोंपड़ी के बाहर निकलता है।*]

कमल : **(राधे को पकड़ते हुए)** देख रम्मू! ये चोट्टा हमारे हीरा को उठाए लिए जा रहा था।

रम्मू : **(राधे को छुड़ाते हुए)** अरे नहीं, हीरा से खेल रहा होगा। इतना बड़ा होकर चोरी करेगा भला।

राधे : **(सकपका कर जोर से)** हाँ-हाँ, मैं खेल रहा था।

कमल : फिर मुझे देखकर भागने क्यों लगा?

राधे : हम तुमसे डर गए थे।

कमल : खेलने में डरने की क्या बात? चोरी करने वाला डरता है।

राधे : **(भेद खुलता जानकर)** अब नहीं आएँगे खेलने।

रम्मू : नहीं-नहीं, तू आया कर खेलने। कमल को तो बेकार में गुस्सा आ गया। हम सब मिलकर खेला करेंगे। आ, इधर आ...

[*रम्मू दरबा खोलकर मुर्गियों के पास जाता है। कमल और राधे छिलके उठाकर मुर्गियों को खिलाने लगते हैं।*]

राधे : जानते हो कमल! वह बच्चू है न, उसे मत आने देना।

रम्मू : क्यों?

राधे : बच्चू कहता था इनकी मुर्गी खूब अण्डे देती है।

कमल : अभी निकल गया हाथ से, नहीं तो बताता बच्चू को।

रम्मू : अरे ले कैसे जाएगा। हम स्कूल जाते हैं तो बापू रहते हैं यहाँ।

कमल : नहीं रम्मू **(चिंता से)** ये बच्चू-फच्चू आँख गड़ाए है, किसी दिन चुरा ले गए तो बड़ा बुरा होगा। कितनी मुश्किल से हम इन्हें लाए हैं।

राधे : **(दोस्ताना ढंग से)** बच्चू ले गया तो छुपाएगा कहाँ। मैं तुम्हें बता दूँगा।

रम्मू : हमारी मुर्गियों के लिए थोड़ा-सा दाना ले आया कर राधे। तेरे यहाँ तो बहुत होता है।

राधे : (उठकर) मैं अभी ले आता हूँ! **(चलने को होता है।)**

कमल : कल से ले आना राधे। आज तो खा लिया है इन्होंने।

राधे : अच्छा, कल से बहुत-सा ले आऊँगा।

[*राधे चला जाता है। छिलकों में से एक हरी मिर्च निकल आती है।*]

कमल : लो हीरा का भी खाना निकल आया। **(मिर्च उसके पिंजरे में डाल देता है)**

रम्मू : ऐ कमल, देख बापू ने राजा के लिए गद्दा सिला है। जाड़ा पड़ने लगा है न!

कमल : **(राजा को गोद में उठाकर)** हाँ, अब सर्दी पड़ने लगी है। कल एक काम करो रम्मू!

रम्मू : क्या?

कमल : राजा के लिए गद्दा सिल गया, हमारी ताज और सलमा को भी तो सर्दी लगेगी।

रम्मू : तो इनके लिए क्या किया जाए?

कमल : कल इनके लिए मिट्टी का घर बना दिया जाए। **(कुछ रुककर)** अच्छा अण्डे कितने हुए?

रम्मू : **(भीतर जाकर अण्डे लाते हुए)** चार हुए हैं अभी तो।

कमल : तो इन चारों के बच्चे निकलवा लो, फिर हमारे पास ढेर-सी मुर्गियाँ हो जाएँगी।

रम्मू : और क्या रख...तो रख दें न!

[*रम्मू का बाप बहुत धीमे कदमों से सिर झुकाए हुए प्रवेश करता है।*]

रम्मू : बड़ी जल्दी लौट आए बापू।

[*बाप चुप रहता है।*]

कमल : क्या हुआ चाचा, चुप क्यों हो?

बापू : क्या बताऊँ भइया?

रम्मू : हुआ क्या आखिर बापू?

बापू : आज मालिक ने जवाब दे दिया।

रम्मू : क्यों?

बापू : कहने लगे, तुम्हारी आँखें इतनी खराब हो गई हैं, अब हमारे काम के नहीं रहे!

कमल : तो नौकरी छूट गई चाचा?

बापू : हाँ भइया?

रम्मू : अब क्या होगा बापू?

बापू : अब तो बेटा ईश्वर ही मालिक है। चार रोटियों का सहारा था, वह भी छिन गया। भूखों मरें या भीख माँगें बेटा...

रम्मू : नहीं बापू, मैं कमाऊँगा, तुम खाना...

बापू : **(रम्मू के सिर पर हाथ फेरकर)** तू तो अभी बहुत छोटा है बेटा। तेरे बस का यह सब कहाँ...चाहता था, तू पढ़-लिख जाता **(गहरी साँस लेकर)** यह भी ईश्वर को मंजूर नहीं था...

[*कमल चुपचाप उदास खड़ा-खड़ा सुन रहा है।*]

कमल : तो चाचा, क्या रम्मू अब स्कूल नहीं जाएगा?

बापू : **(ठण्डी साँस भरकर)** जब खाने के लाले पड़ जाएँगे भइया तो इसकी फीस कहाँ से देंगे।

[*कमल और अधिक उदास हो जाता है।*]

कमल : तुम अपनी आँखों का इलाज करा लो चाचा।

बापू : अरे इतना पैसा कहाँ से आएगा बेटा। कोई घर-द्वार भी नहीं जो बेचकर काम चलता।

रम्मू : बापू, मैं कमाकर तुम्हारा इलाज कराऊँगा।

बापू : **(दोनों को बहलाने के ढंग से)** तुम लोग मत परेशान हो। बकरी को दुहा कि नहीं?

कमल : **(जैसे एकदम कोई बात ध्यान में आई हो)** चाचा, बकरी को बेच दें तो! इलाज के लिए पैसे निकल आएँगे?

बापू : नहीं भइया, तुम लोगों ने इतने मन से बकरी पाली थी। अपने जेब-खर्च से एक-एक पैसा बचाकर इसे खरीदा था। इसे नहीं बेचूँगा।

रम्मू : बेच दो बापू, बेच दो। हम फिर पाल लेंगे।

बापू : नहीं पगले, इसे बेचकर मिलेगा भी कितना। और फिर यही तो कुछ सहारा देगी।

कमल : सो कैसे चाचा?

बापू : **(थोड़ा हँसकर)** भइया इसका दूध बेच लिया करेंगे। कुछ तो मिलेगा।

कमल : **(खुश होकर)** एक बात और याद आई रम्मू! अण्डे भी तो बेचे जा सकते हैं।

बापू : **(जैसे अपने को तसल्ली देते हुए)** हाँ बेटा, तुम्हीं लोगों की कमाई तो है यह। अब यही काम आएगी।

कमल : तो चाचा, रम्मू स्कूल जाएगा।

बापू : नहीं बेटा, इससे तो मुश्किल से दो रोटी का गुजारा होगा। फीस के लिए अब पैसे कहाँ? तुम लोग खेलो मैं जरा चौराहे तक हो आऊँ।

[*बापू चला जाता है। रम्मू उदास खड़ा है और कमल कुछ सोच रहा है।*]

कमल : अगर हम राजा, हीरा और माला को छोड़ दें तो कैसा रहे?

रम्मू : इससे क्या होगा कमल?

कमल : मेरा जेब खर्च बच जाएगा। उससे तुम्हारी फीस दे दिया करेंगे...ठीक है न!

रम्मू : **(रुआँसे स्वर में)** नहीं कमल। मेरे पढ़ने के लिए तू अपनी चिड़ियाँ मत उड़ा, न राजा को भगा...

कमल : नहीं रम्मू, तेरा पढ़ना इनसे ज्यादा ज़रूरी है! फिर मेरा मन भी तो नहीं लगेगा स्कूल में अकेले।

[*दोनों राजा के पास जाते हैं। रम्मू बैठकर रोने लगता है।*]

कमल : **(दुखपूर्ण स्वर में कुत्ते को पुचकारते हुए)** मेरे राजा...तू रोना मत...**(कुत्ते को खोल देता है, फिर हीरा की तरफ मुड़ता है)** हीरा! तू उड़ेगा न!

रम्मू : इसे मत उड़ा कमल...

कमल : **(उसे डाँटते हुए)** कहा न, तेरा पढ़ना ज़्यादा ज़रूरी है... **(बहुत उदास स्वर में)** फिर इनके खाने के लिए कहाँ से लाऊँगा...

[*रम्मू घुटनों में सिर दिए धीरे-धीरे रोता रहता है।*]

कमल : **(पिंजरा खोलकर)** उड़ जा हीरा...उड़ जा...

[*आँखों पर बाँह रखकर रो पड़ता है।*]

पर्दा गिरता है

सच बात

[*पर्दा खुलते ही साफ़-सुथरा भूषन हथेली पर रखी रेजगारी गिनता हुआ दिखाई पड़ता है। उसके चहरे पर खुशी की चमक है और एकाध नज़र इधर-उधर भी डाल लेता है।*]

भूषन : एक रुपया बारह आने...कुल एक रुपया बारह आने...**(कुछ सोचकर)** चार आने और मिल जाएँ तो काम बन जाए। बस, चार आने! पूरे दो रुपये हो जाएँ...

[*भूषन का बड़ा भाई बीरन प्रवेश करता है।*]

बीरन : क्या कर रहे हो, भूषन?

भूषन : **(चौककर रेजगारी जेब में डाल लेता है)** कुछ नहीं, दादा. ..पहाड़ा याद कर रहा था।

बीरन : अच्छा-अच्छा। याद करो, भूषन।

भूषन : **(विनयपूर्वक)** दादा, एक बात सुनो।

बीरन : क्या है?

भूषन : चार आने पैसे दे दो, दादा। मेरे अच्छे दादा!

बीरन : तू इतने पैसों का करता क्या है?

[*इसी समय भूषन का दोस्त विजय आ जाता है और उन्हें बात करते देख चुपचाप खड़ा हो जाता है।*]

भूषन : पतंग और डोरी लाऊँगा, दादा।

बीरन : और अभी तूने पिताजी से आठ आने पैसे लिए थे, वे क्या हुए?

भूषन : उसकी कापियाँ ले आया। **(विजय को देखकर)** कहो, विजय...

विजय : इतिहास की किताब चाहिए ज़रा...

[*बीरन चलने को होता है।*]

भूषन : **(विजय की बात काटकर)** दादा, दे दो न...

बीरन : मेरे पास पैसे नहीं हैं, पिताजी से ले चुका, माँ से बारह आने लिए और कल दीदी से चार आने लिए थे तूने!

भूषन : **(समझाते हुए)** वे सब तो खर्च हो गए। स्लेट ले आया। चार कापियाँ लाया और जो बाकी बचे पैंसिल-होल्डर में खर्च हो गए।

बीरन : **(कुछ डाँटकर)** कितने होल्डर-पैंसिल रोज़ आते हैं!

भूषन : मेरे अच्छे दादा। बस आज दे दो, फिर नहीं माँगूँगा। बस दादा आज!

बीरन : **(झुँझलाकर जेब से चार आने निकालकर)** ये ले चार आने। अब माँगेगा तो पाई नहीं मिलेगी। हर वक्त पैसा-पैसा...

भूषन : अब नहीं माँगूँगा, दादा।

[*बीरन झुँझलाता हुआ चला जाता है।*]

विजय : तुम बहुत झूठ बोलते हो, भूषन!

भूषन : कैसा झूठ!

विजय : तुम झूठ बोल-बोलकर उस हरी के लिए पैसे माँगते हो।

भूषन : हरी के लिए क्यों लूँगा? हमें खुद ज़रूरत पड़ती है। **(बात पलटकर)** तुम्हें इतिहास की किताब चाहिए न। अभी लाया।

[*भूषन के जाते ही एक गन्दा-सा लड़का हरी आता है और विजय को खड़ा देखकर लौटने को होता है।*]

विजय : कहो हरी, कैसे आए?

हरी : **(रुककर)** भूषन से मिलने आया था, फिर मिल लूँगा।

विजय : **(व्यंग से)** पैसे लेने आए होंगे।

हरी : पैसे लेने क्यों आऊँगा? तुम्हीं माँगते फिरते हो किताबें।

विजय : बढ़-बढ़कर बातें मत किया कर...भिखमंगा कहीं का!

हरी : ऐ विजय! घूँसा खा जाएगा।

विजय : चल बे, बड़ा आया है घूँसा जमाने वाला!

हरी : **(कुछ सोचता हुआ)** भूषन का घर है इसलिए कुछ नहीं बोल रहा हूँ, नहीं तो अभी ठीक कर देता...

विजय : जा-जा...भिखमंगे!

[*हरी घूँसा दिखाता हुआ चलने को होता है।*]

विजय : अब देखूँ तुझे कहाँ से पैसे मिलते हैं। आज ही भूषन के भाई साहब से कहूँगा।

हरी : कह देना...जो कर पाओ कर लेना...**(चला जाता है)**

[*भूषन किताब लिए आता है।*]

विजय : **(किताब लेते हुए)** भूषन, अभी हरी आया था...

भूषन : **(एकदम)** चला गया?

विजय : हाँ...तुमसे हरी की बहुत पटती है। ऐसे नीच लड़कों से दोस्ती अच्छी नहीं होती, भूषन।

भूषन : हरी बहुत अच्छा लड़का है, विजय। तुम जानते नहीं...

विजय : तुम्हें मालूम नहीं, इसकी माँ बड़ी चोर है, और यह भी चोरी करता है। इसका बाप चोरी की सज़ा में जेल काट रहा है...

भूषन : सच! इसकी माँ तो बहुत सीधी है।

विजय : चोर बाप का बेटा कभी अच्छा होता है!

भूषन : हरी का बाप जेल में है? हमें नहीं मालूम था...

विजय : और क्या? चोरी में ही पकड़ा गया था। और इसकी माँ जहाँ-जहाँ बर्तन मलने जाती है, वहाँ-वहाँ से चीज़ें चुराकर लाती है। एक दिन पकड़ी गई थी।

भूषन : लेकिन हरी तो चोरी नहीं करता। पढ़ने में भी तेज़ है।

विजय : बुरे का साथ बुरा ही होता है। किसी दिन तुम्हारा भी झूठा नाम लग जाएगा, तुम उसे पैसे देते हो!

भूषन : **(एकदम सँभलकर)** मैं उसे क्यों पैसे दूँगा? मैं कभी उसे पैसे नहीं देता।

विजय : तुम झूठ बोलते हो। वह मुझसे लड़ता है और तुम उससे दोस्ती रखते हो। ऐसे नहीं चलेगी, भूषन। हमारे गुइयाँ रहो तो हरी से बोलना छोड़ना पड़ेगा।

भूषन : लड़ाई की क्या बात है? तुम दोनों हमारे गुइयाँ हो।

विजय : हमारे पिताजी हरी के साथ खेलने को मना करते हैं। मैं उसके साथ कभी नहीं खेलूँगा। अभी मुझे घूँसा दिखाकर गया है...

[*हरी आता है। भूषन उसे देखते ही लपकता है और विजय के चेहरे पर घृणा और क्रोध उभर आता है।*]

विजय : **(चलते हुए)** भूषन! हमारी-तुम्हारी कट्टी...तुम घर से झूठ बोल-बोलकर पैसे लेते हो। सबको बताऊँगा। भूषन झूठा है...झूठा है।

हरी : **(लगभग दुतकारते हुए)** जा-जा, कह देना। क्या कर लेगा?

विजय : स्कूल में सबसे कहूँगा, हरी चोर और भूषन झूठा है। एक चोर, एक झूठा! **(किताब फेंककर)** ले अपनी किताब! **(चला जाता है)**

भूषन : विद्या को फेंकते हो, विजय!

हरी : अभी मैं आया था तो विजय मुझसे लड़ने लगा...बहुत खराब लड़का है। मुझे भिखमंगा कहता है।

भूषन : उसके कहने से क्या होता है, हरी?

हरी : **(उदास होते हुए)** मैं ग़रीब हूँ, भूषन...मेरी अम्मा के पास एक भी पैसा नहीं है...विजय अमीर है, इसीलिए मुझे भिखमंगा कहता है न?

भूषन : बेकार की बातें मत किया करो, हरी। भिखमंगे तो भीख माँगते हैं। **(जेब से दो रुपये के पैसे निकालकर)** ये रख

लो, कल फीस जमा होगी न! और तुम्हें कापियाँ भी तो चाहिए...

हरी : अभी रहने दो इन्हें।

भूषन : रख लो, हरी कल ज़रूरत पड़ेगी ही। **(उसकी जेब में रेजगारी डाल देता है।)**

हरी : **(गोलियाँ निकालकर)** गोली खेलोगे?

भूषन : (जेब से गोलियाँ निकाल कर तैयार होते हुए) जा जा...

[*दोनों खेलने लगते हैं कि विजय अन्य दो लड़कों के साथ गेंद-बल्ला लिए हुए आता है।*]

विजय : एक झूठा एक चोर! **(अपने साथियों से)** आओ मंगल, क्रिकेट जमेगा। **(भूषन और हरी से)** हटो जी, जगह छोड़ो!

मंगल : **(शान से)** जुआ खेल रहे हैं दोनों। आओ, सतीश...

सतीश : **(आगे बढ़कर)** जुआरी हैं जुआरी। गोलियों से जुआ खेलते हैं।

विजय : **(चिढ़ाते हुए)** एक झूठा है, एक चोर है।

हरी : **(जो अभी तक चुपचाप सब सुन रहा था)** ऐ सतीश, ज़बान संभालकर...

सतीश : चल बे! चोर कहीं का!

भूषन : लड़ने आए हो तुम लोग!

मंगल : हम झूठों से बात नहीं करते।

भूषन : **(चीख़कर)** झूठे हो तुम! उस दिन जब मार पड़ी थी झूठ बोलने के लिए...

हरी : एक नन्हीं-सी पेंसिल के लिए झूठ बोल गया। चोर...

मंगल : चुप रह, हरिया! **(बढ़कर एक चपत जमा देता है)** अभी ज़मीन चटा दूँगा।

[*भूषन उसे बचाने के लिए झपटता है कि सतीश मारना शुरू कर देता है। और दोनों दलों में मार-पीट होने लगती है। हरी की जेब से सब पैसे बिखर जाते हैं। तभी भूषन का बड़ा भाई बीरन आता है।*]

बीरन : **(लपककर सबको अलग करता हुआ)** अरे, क्यों लड़ रहे हो? छोड़ो-छोड़ो...**(सबको छुड़ा देता है।)**

मंगल : **(अपनी फटी हुई कमीज़ दिखाता हुआ)** मेरी कमीज़ फाड़ डाली, भूषन हमें गाली देता है।

सतीश : हमें भी गाली दी थी इसने।

बीरन : **(बिगड़ते हुए)** क्यों भूषन? तुम लोग खेलने आते हो कि लड़ने! हर वक्त लड़ाई...

[*हरी अपने पैसे उठाता रहता है।*]

भूषन : नहीं दादा, हम लोग यहाँ खेल रहे थे, ये लोग आकर मारने लगे।

विजय : नहीं, भाई साहब! भूषन और हरी गोलियों से जुआ खेल रहे थे।

बीरन : क्यों भूषन? इसीलिए पैसे माँगता था!

भूषन : नहीं, दादा! विजय झूठ बोलता है। हम जुआ नहीं खेल रहे थे।

विजय : **(एकदम बढ़कर)** हम सच कह रहे हैं, भाई साहब! चाहे सतीश से पूछ लीजिए!

सतीश : हाँ भाई साहब, भूषन और हरी वहाँ स्कूल में जुआ खेलते हैं।

मंगल : **(भूषन की ओर इशारा करके)** ये घर से पैसे चुरा-चुराकर ले जाता है और हरी...

भूषन : **(बात काटकर)** मैं तो माँगकर ले आता हूँ, दादा!

बीरन : **(विजय, मंगल और सतीश से)** अच्छा, तुम लोग जाओ। मैं सब ठीक कर दूँगा।

[*विजय, मंगल और सतीश जीत के गर्व से चले जाते हैं।*]

बीरन : **(डाँटकर)** इधर आओ दोनों!

[*दोनों डरे हुए थोड़ा-थोड़ा आगे सरक आते हैं।*]

बीरन : **(हरी के पास पैसे देखकर)** तेरे पास पैसे कहाँ से आए? कितने हैं।

हरी : **(सहमकर)** दो रुपये हैं।

बीरन : **(भूषन से)** तुम्हारे पैसे कहाँ हैं?

भूषन : **(सहमते हुए)** हरी के पास हैं...

बीरन : **(डाँटकर)** जुआ खेले थे?

हरी : **(रुआँसा होकर)** नहीं, ये पैसे भूषन ने हमें दिए थे।

भूषन : **(घबराकर)** हाँ, मैंने इसे दिए थे।

बीरन : **(डाँटकर)** क्यों दिए थे?

भूषन : **(एकदम रो पड़ता है)** हरी की फीस जमा करना है। हमने जुआ नहीं खेला है।

बीरन : **(समझते हुए)** क्यों हरी?

हरी : **(सिर झुकाकर)** मेरी अम्मा के पास पैसे नहीं थे। मैंने भूषन से माँगे थे।

बीरन : **(भूषन की पीठ पर हाथ फेरते हुए)** अरे पगले, तो रोता क्यों है? चुप हो जा...ठीक-ठीक बात बता, अभी तूने पतंगों के लिए हमसे पैसे लिए थे, उनका क्या किया?

भूषन : **(चुप होते हुए)** हरी को दो रुपए की ज़रूरत थी, चार आने कम थे, सो आपसे लिए थे।

बीरन : **(हँसकर)** तो पतंग के लिए नहीं चाहिए थे?

भूषन : **(आँसू पोंछकर)** नहीं।

बीरन : **(हँसकर उसे हँसाने की कोशिश करते हुए)** तो झूठ बोलकर तू हरी के लिए पैसे जमा कर रहा था, पगले!

भूषन : हाँ।

हरी : मेरा नाम कट जाता अगर मैं फीस जमा न करता।

बीरन : तुम दोनों बड़े पागल हो! **(भूषन से)** इसमें झूठ बोलने की क्या ज़रूरत थी! तुमने बहुत अच्छा काम किया...

हरी : विजय और मंगल मुझे भिखमंगा कहते थे, इसी पर लड़ाई हो गई...उन्होंने हमारा झूठा नाम लगाया था।

बीरन : उन्हें बकने दो। पैसे लेने से कोई भिखमंगा नहीं हो जाता। **(भूषन से)** अब हमसे बताकर रुपये माँग लिया

कर, समझा! दोस्त की मदद करना तो बड़ी अच्छी बात है।

भूषन : **(खिलकर हाथ पसारते हुए)** ये दो रुपये तो हरी की फीस के लिए हो गए, दादा। अब हमें पतंग के लिए एक चवन्नी दे दो...

बीरन : **(जेब से चवन्नियाँ निकालकर एक-एक दोनों को देते हुए)** लो, तुम दोनों लो। अच्छे और सच्चे लड़कों को सब प्यार करते हैं...खूब पतंग उड़ाओ। और खूब पढ़ो! **(चला जाता है।)**

भूषन : चल हरी पतंग ले आएँ...

हरी : यह तो खूब रही। हम सच बोले थे न!

[*दोनों चलने को होते हैं।*]

(पर्दा गिरता है)

•••

प्रश्नोत्तरी

1. डॉ. साहब ने टेलीफ़ोन वाले को कितने पैसे दिए?

(अ) पचास पैसे (ब) एक रुपया

(स) दो पैसे (द) बारह आने

2. जीतू का भाई कौन था?

(अ) हरखू (ब) श्याम

(स) राम (द) अली

3. जीतू को कीमती पत्थर किसने दिया?

(अ) पिता ने (ब) भाई ने

(स) साधु ने (द) भगवान ने

4. लल्लू और मुन्नू कौन थे?

(अ) राजकुमार (ब) चोर

(स) छात्र (द) सगे भाई

5. सूरदास के पैसे किसने लिए?

(अ) लल्लू ने (ब) मुन्नू ने

(स) भिखारी ने (द) चाचा ने

उत्तर

1. द 2. अ 3. स 4. द 5. अ